没有人像我一样

饶雪漫 作品

山東文藝出版社

果麦文化 出品

目录

Contents

CHAPTER 1

图图

“如何让你遇见我，在我最美丽的时刻。”

这是图图写给我的第一封，也是唯一一封情书里的话。

虽然我知道这句话并非图图原创，而是出自一位很有名的女诗人的诗，可是每次想起，仍然唏嘘不已。

图图遇见我时，我们真的都在最美丽的时刻，有着最肉麻不堪又最灿烂夺目的青春年华。

她是我的初恋。

那时候，我还是电子系里一个不务正业的学生，每周都有几天扔下功课，去市中心一间酒吧卖唱。一把吉他、一副还过得去的嗓子是我的全部。

后来，慢慢有志同道合的人加入进来，先是张沐尔，后是怪兽。

怪兽是贝斯手，张沐尔是司鼓。

我们便组建了一支叫“十二夜”的乐队。

那不是一间很有名的酒吧，演出场所的设备也很不专业。简单说，就是不可能每次演出都有鼓，也不是时时刻刻要用到贝斯，所以大多数时候我仍然是孤单一人，拨几个简单的和弦，唱一些或流行或过时的歌曲。

其实在酒吧唱歌收入并不高，我在乎的也不是钱，而是那种可以在黑暗处低吟浅唱的感觉。

那种又喧嚣又孤单的感觉，仿佛无限接近自由。

在那个所有人都各怀心事的地方，其实没有人在意你的悲喜，他们听到的只是歌声。如果运气好，当他们偶尔回忆起人生中的这一刻时，会忽然想起，有个人在寂寞空旷的背景里这样歌唱过，他们会想不起这个人的样子，但那遥远模糊的歌声让他们惆怅。

这就是我心里的音乐，它或许永远不能像衣食住行一般成为人类的基本需求，却可以暗中记录人生的全部时光。至少，当我回忆起每一段光阴，都会有音乐做背景。人生如此动荡不安，只有歌声可以让人休憩——后来我会刻意把每一段日子用乐曲标记下来，好让自己不至于遗忘。

比如，遇见图图的那天，我把这段记忆标记为贝多芬的《命运交响曲》。

因为她的到来实在是阴差阳错，又命中注定。我躲不了，当然，也不想躲。

其实她一直都在，她是这间小酒吧的常客。在演奏时我时常看到她，但当时她和一般喜欢泡酒吧的女生没什么两样，穿着入时，眼神迷离，总是和一些看上去不太像好人的男生厮混在一起。

我对这样的女生向来不感冒。那时候我二十一岁，对爱情有自己的期待。我固执地认为我将来的女友会是那种古典的女孩，头发乌黑直顺，性格善良温柔，当然，也很漂亮。

在我遇见图图之前，我对自己的命运一无所知。

我从八点开始工作，断断续续唱三个小时。然后，酒吧老板请我喝上一杯，结给我当晚的工钱。那天我正低着头在喝一杯橙汁，夜已经有点深了，酒吧里的音乐换成了劲爆的舞曲，衬着灯光掩映下光怪陆离的人脸，我却有些昏昏欲睡。

把我吵醒的是酒杯碎裂的声音，人声一下变得尖锐起来。有人打起来了！有人起哄，有人拉架，总之场面混乱不堪。这在酒吧里是常事，我已经见怪不怪，第一反应是去找老板结了工钱赶紧走。当我背着吉他冲到吧台，正听见一个男人尖声叫嚣："你就这么走？你敢走？你走了老子杀你全家！"

黑暗里看得不是特别清楚，不过我还是看到，他圆圆的脑袋刚被一杯来历不明的液体袭击过，他所剩不多的头发被那些液体粘成一团，非常可笑。

既然可笑，我当然是要笑的。

吃了亏的家伙马上把矛头指向我："你笑什么？你敢笑？你和她是一伙的？"他挥一挥粗短的胳膊，几个人便向这边包抄过来。我看情形不对，顾不得多想，一记右勾拳，利索地放倒一个。

我还没来得及为自己冲动的行为后悔，对方其中一人已经掏出弹簧刀。我推翻身旁的桌子，桌上的酒瓶碎了一地，酒吧里的客人开始尖叫。那人闪过，握着刀朝我扑过来，我握紧拳头，已经做好火拼准备，可是这时有人拉住我的衣袖，声嘶力竭地在我耳边喊了一声：“快跑！”

然后，她拉着我开始飞奔。那是一只柔若无骨的小手，我心里一激灵，我就这样背着我的吉他，笨手笨脚地脑子短路似的被那只手牵着跑了。那帮人骂骂咧咧地追出来，噼里啪啦的脚步声乱作一团，身边的人喘着粗气问：“跑不掉怎么办？”

怎么可能跑不掉？

这里的每一条小巷我都熟悉。我拉着她迅速拐进一条人迹罕至的巷子，走到深处穿过一幢废弃的大楼，往右一拐，就是车水马龙的大道，明亮喧哗，安全无比。

我们停下来喘气，她弯着腰，双手按着膝盖，一副精疲力竭的样子。

说实话我也累得够呛，不过我终于有闲心开始打量她。第一，她是个女的；第二，她很抗冻，夏末的早晚已经有凉意，她却还穿着短裙，露出两条匀称好看的长腿。

看在她是女生的分上我决定对她客气点。“你还好吗？”我礼貌性地问。

她不答。

“你还好吗？”我提高声音。

她忽然抬起头瞪着我，是那种直愣愣的瞪，她的眼睛水波潋滟深不见底，我一下子呆住了。

“真的安全了？”她怯生生地问，带点试探的意思。

得到我肯定的回答之后，她呆了一两秒，开始扬声大笑。我从来没见过哪个女生笑得这么放肆，她一边笑一边揉着自己的腿，一边不忘了上气不接下气地嘲弄：“哎，你觉得我给那个小个子设计的新发型酷不酷？”

“喂，”我觉得我有必要弄清整个事情的来龙去脉，“你是谁？叫什么？干什么的？那群人为什么要找你麻烦？”

她一下收敛了笑容，变得十分严肃。

“你不认识我？”她指着自己的鼻子，“你确定？”

我确定。

她呆了一下，似乎在判断我是不是在寻她开心。然后，总算搞清楚状况的她一脸不解：“那你干吗去惹他们？你干吗救我？”

我发誓，我不是故意的！我全部的错误只在于我太有幽默感，以致一不小心就掉进了命运早就给我挖好的陷阱。

“我还以为你也看上我了呢。”她傻兮兮地感叹，“哪晓得你没有！”接下来她用力拍了拍我肩膀：“敢情你是个好人啊！”

我差点立刻转身把这个自我感觉超好的不良少女留在原地吹风，可鬼使神差地，我没有。相反，我和她开始沿着马路牙子慢慢走，她其实仍然没有从刚才拼命地奔跑里回过神来，我猜她是那种越紧张越多话的人，她不断地跟我说话，语序混乱，词不达意。

尽管如此，我还是慢慢弄清了她叫什么，是干什么的，当然还有那群人为什么要收拾她。

实在是有些戏剧性，但她却真实地进入了我的生活。

“你叫啥？”我把好奇心按了又按，还是忍不住问道。

“我叫图图，图画的图。我在市一职高读书，读会计，大概是吧，我也实在搞不清楚我在读什么。”

以上就是她的开场白，很迷糊，很有图图特色。但是她的确很漂亮，当我惊魂稍定，可以用一个男生看女生的眼光正确地衡量她时，不得不这么承认。她穿一身黑，后来我就再也没见过任何一个女孩把黑色穿得那么有型，她的腕上夸张地戴着一串黑曜石长手链，她不断抬手把前额的头发拨开的样子真是明丽。

“你也知道，职高有谁会真正读书？男生闲着没事就评什么‘四大美女’，我是其中一个，而且……”她有些得意地补充道，“也是最漂亮的。”

“然后那些男生就为了争我打架。其实他们也不见得有多喜欢我，但是就是喜欢争，争这些很有面子吗？不过我已经习惯男生们为我打架了，他们一天不打架我都觉得闲得慌，觉得人生特没劲，真的。”

“虚荣。”我评价道。

“虚荣就虚荣啰！”她满不在乎，“人生不就是虚的吗？”她昂着头走在晚风里，像一头骄傲的鹿，脸上是不屑于对任何人解释的轻蔑。“你觉得今天这样打架很可怕？其实呢，那帮流氓也是来虚的。我不就花了他几千块买了件吊带吗？花了他的钱他就以为可以把我怎么样？杀我全家？我都不知道我全家在哪里，真谢谢他哦。”

“几千块的吊带？小姐！”我抓狂。

她很敏感地转过脸：“小姐？你嘴巴放干净点！”大概是我无

辜的表情使她马上意识到是她自己防卫过度，她抓住我的衣襟，怯生生地跟我解释："其实他连我的手都没拉过，真的。那种男人，我见得多了。"

我轻轻把衣襟从她手心里抽出来。不管她多么漂亮，我们真的不是一路人。

再见啦，就此别过。

我背着我的吉他快步向前，寻找62路站牌，我们学校在数十公里外的郊区，晚间公交车就这一路。可她牢牢地跟着我，我不得不回头建议她："你自己回家好吗？"

"回家？"她笑起来，"你是说我爸家还是我妈家？我爸家在沈阳，我妈家在重庆。"她双手叉腰，居然带点挑衅的味道，"或者你是说宿舍？对不起，我的室友刚刚把我的东西扔了出来，因为她的男朋友在追我。"

我不可置信地看着她，她带着一脸嘲弄的表情看着我，脸上满不在乎的样子让我有点怀疑她在说谎。

"咳，"我说，"我很抱歉，可是……"

"可是你要错过末班车了！"她轻快地说，"原来是个乖孩子啊，错过末班车就回不了家了，我要妈妈……"她挤着眉毛，做出一脸哭相。

我又不是小孩子，她居然用激将法？正好过来一辆62路车，我连招呼也懒得再跟她打，脚一迈就要离开这个是非之地。

"你！"她在我背后喊，"你真不够朋友！"

谁和你是朋友？抱歉啊抱歉，我认识那个人吗？我的一只脚已经上了公交车，忽然有人大力拽我的吉他，我一个重心不稳摔了下去，接连几个趔趄，靠着路边的一棵树才没摔个四仰八叉。

再看看她，她笑容满面，正对公交车售票员做着快走的手势。

公交车开走了，我欲哭无泪。她依旧是那样，用一种似笑非笑的眼神看着我，好像是在问："现在怎么办？"

我懊恼："说吧，你到底想干什么？"

"你救了我，你必须负责到底。"

"我不该救你，我错了，我改行不行？"

"为时已晚。"

我懒得理她，在马路牙子上坐下开始检查我的吉他。这可是我的宝贝兼吃饭的家伙，刚才撞了树撞了人还撞了墙，不知道有没有"伤筋动骨"。我顺手拨起了《挪威的森林》的前奏，还好，一切正常。

"我听过你唱歌，嗓子破点，感情还是有的。"她流里流气地在我身边坐下，我挪开一点，跟她保持距离。

"你刚才弹的那是什么来着？听着挺耳熟。"她没话找话。

"《挪威的森林》。"我尽量保持礼貌。

"哦，这个我知道，那个什么伍佰嘛！"她马上又自我感觉良好地哼起来，"让我将你心儿摘下，试着将它慢慢融化……"

"打住打住！"我忍无可忍，"这是披头士的《挪威的森林》（*Norwegian Wood*），你有点文化行不行？"

"你有文化，你倒是唱啊！"她不甘示弱。

唱就唱，怕你怎的？我拉开嗓门，第一句就把她震住了。我暗暗得意，说实话，我弹吉他唱歌的样子还是蛮帅的，被公认为“十二夜”乐队里最有女生缘的一个，小半年里收到的情书也有好几十封了。

她在黑暗里看着我，我在她的眼睛里看到那些熟悉的仰慕之情，问她：“服不服？”

“服个屁，”她居然说脏话，“唱这些世界上没有几个人听过的歌算什么本事？要把别人的歌唱成你自己的，或者干脆自己写，那才高明！”

“你这是明目张胆的忌妒。”我说，“我要赶末班车回学校，失陪了。”

“末班车几点？”她笑眯眯地问。

“十一点半。”我看看表，还有五分钟。

“你不如给我再唱一首。”她提议。

“为什么？”

“因为你的表坏了。”

我这才仔细打量起手腕上的老爷表，它跟着我已经有三个年头了，虽然进过几次水，可总体来说还算运转良好。但是现在，可怜的它，表面玻璃裂成几块，指针一动不动——看来是刚才那记勾拳的副作用导致的。

现在再回想起来，当时我居然不是很懊恼，相反，还有一丝丝庆幸的感觉。那天就是这样，我遇见图图，然后所有的事情就像是为我们的相遇而准备的，有点巧合，有点诡异，可是一切也都是甜蜜的铺垫。

表坏了，时间就此停住，于是她留在了我生命里。

像我这样一个文艺青年，注定要为自己的小资情调付出些什么。当我敏感地察觉到这一点的时候，我有些没出息地感到不安，所以我决定往前走，一直走回家。

她当然还是跟了上来。

我继续走，她继续跟着。

到了第二个街角，我站住，转过头来。她歪着头冲我嘿嘿地笑，看来，这姑娘今天是铁了心要黏上我了。

“你跟着我干吗？”我问出一句废话。

“再唱一首？”她走上前来晃晃我的胳膊，“可以点歌吗？”

我说：“我这破嗓子，算了。”

“假谦虚。”她哼哼起来。

哼完后，她自己开始唱。我们百无聊赖地在路边且走且停，她也就断断续续地哼了一路。一开始，只是些零乱不成调的乐句，从这首跳到那首，上一句还是《我的太阳》，下句马上变成《东风破》。

她什么时候开始专注地唱一首歌，我已经记不清了。很可能，她只会唱高潮部分，但是看得出她喜欢这首歌，所以唱的时候有种自己都没意识到的专注。那种专注吸引我偷偷看她，她微微仰着脸，白皙的皮肤浸透着月光，眼睛里居然有种圣洁的光芒。对，就是这个词，圣洁，虽然今天看来无比夸张，但那千真万确就是我当时的感受。我真心庆幸自己打出了那一拳，因为，谁敢侵犯这样一个美好的姑娘，简直十恶不赦，不可原谅。

在我记忆里，那一刻简直万籁俱寂，我的天地里只有图图的歌声，她认认真真地唱：啊，如果不能够永远走在一起，也至少给我们怀念的勇气、拥抱的权利，好让你明白，我心动的痕迹……

后来想起来，我就是输在这首歌上。那是林晓培的《心动》，可是被她一唱，马上打上了图图的标签。那一刻我才发现她的声音无与伦比，低音浓烈高音缥缈，微微喑哑，听上去有些紧张，却丝毫不损其魅力。

她感觉到我在用心听，歌声戛然而止。她偷偷瞟我一眼，甚至显得有点尴尬，可嘴上还是一如既往地强硬："怎么样，我随便哼哼都比你强吧？"

"你喜欢这首歌？"我岔开话题。

她想了想。"其实，我是喜欢那个电影。里面的人都好可怜，明明相爱，可是不停地误会误会，犹豫犹豫，不小心一辈子就过去了，帅哥变成老头子，害我在电影院里差点哭死。"

我沉默。我也看过《心动》，还记得影片的最后，张艾嘉在飞机上看着往日照片，过去的一切云蒸霞蔚，模糊了青春含笑的脸。很久以后我重看这部电影才恍然大悟，哦，原来痛苦是人生必经之旅，失去也可以作如是观。

可是直到今天我也没告诉图图，《心动》也是我喜欢的电影。到底是为什么我也不清楚，可能我是怕说自己喜欢有些刻意讨好的意思，也可能是害怕她会认为一个喜欢看文艺片的男生缺乏男人味。总之，当你喜欢一个人，就会变得患得患失，不可理喻。

等她唱完，我有些爱怜地问她："你累不累？"

“用这种语气跟我说话，”她把头昂起来，“难道你是想追求我吗？难道你忘了我们今天晚上才认识的吗？”

她真是天下最臭美的女生！

不过，我怎么看她的样子越来越可爱呢？

“这样吧。”她好像很努力地想了想，然后说，“你今晚救了我，我怎么也要表示一下感谢才对，虽然我是个美女，虽然你救我纯属自愿，虽然我不算是很有钱，虽然今天晚上我已经很累了，但是，我还是打算请你去喝豆浆！”

喝……豆浆？

这个感谢实在有点新奇。

“怎么？”她很奇怪地问，“难道没有人请你喝过豆浆吗？”

“没有。”我老实巴交地摇摇头。

“所以说，”她重重地拍了拍我的肩，“尝试一下喽！”

她力气很大，一巴掌拍到我肩膀上，疼得我龇牙咧嘴，心里却涌上来一丝甜蜜，这种莫名其妙的感觉让一向酷酷的我没有表示任何反对，就跟着她去了。她拉着我的衣袖，大摇大摆地走在前面，长长的头发在脑后随意地挽成一个好看的髻，露出光滑的脖颈。那时候我也算学校里的名人，凭借吉他赢得过好些女生的关注，但我毕竟从来没有恋爱过。这样被她拉着走，我好像被拉进了梦境，不知道自己到底是醒着还是梦着，我猜我的样子看上去一定傻得够呛。

不出一站地我们果然看见了一家小吃店，看来她还真的像她自己说的那样，轻车熟路。她继续轻车熟路地走到柜台前对女服务员说："两杯豆浆。"那神情仿佛她要的是两杯燕窝那样大方自如。

我找了个尽量偏僻的桌子坐定，她端着豆浆走到我面前："这可是我今年第一次花钱请客呢。"

"谢谢。"我一本正经地说。

"你呢，歌唱得不错，就是有点放不开。"她端起豆浆吸了一口，开始对我指手画脚，"你这样将来怎么能当明星呢？"

"我从来就没想过当明星。"我不得不告诉她。

"咦？"她睁圆眼睛，"那你唱歌是为什么？"

"唱歌，就是为了唱歌呗。"我不知道怎么回答。跟刚认识的人谈"音乐"，拜托，我还没有那么"文艺"。

她饶有兴趣地看着我，用吸管搅着豆浆："其实呢，我是很想当明星的。"

"为什么？"

"因为我不当明星纯粹是种浪费，每天都是些长得还不如我的人在电视上跳来跳去，他们不难受，我还难受呢！"

鉴于她说的其实没错，我很给面子地没有反驳。"可是，你打算怎么当明星呢？"我问。

"我可以去参加模仿秀，"她毫不羞涩地搔首弄姿了一下，"你觉得我像不像徐若？就是比她高了点。"

"你比她漂亮。"

"这我知道，不用你提醒。"

我颇为窘迫，只好埋头喝豆浆。本来就不大的杯子很快被吸得见了底，这让我更加窘迫，因为我一直觉得用两杯豆浆就霸住餐厅的桌子是种罪恶。更可恨的是图图马上发现我的空杯子，大惊小怪地叫起来：“天哪，喝那么快？拜托，你以为你是尼斯湖水怪吗？”

快餐店里人不多，她这么石破天惊地一喊，所有人的目光都聚集到了我们身上。

“这样，我教你一个方法，可以用剩下的豆浆撑到天亮。”她轻轻地嘬了一下吸管，“一次只喝一点点。美好的东西，你要好好保护它，才不会消失得太快。我就是这样的哦！所以每次到天亮我的豆浆还有一大杯，可以咕嘟咕嘟一口气喝完然后走出去，感觉空气真清新，生活可爱极了！”

“要是下雨呢？”我煞风景地问。

“不可能总是下雨。”她肯定地说，“对了，我还不知道你叫什么名字呢。”

“林南一。”

“解释一下？”

“林，树林的‘林’，南，南方的‘南’，一，”我看了看桌子说，“一杯豆浆的‘一’。”

“哈哈，这名字像文艺片男主角。”她皱皱鼻子。然后她举起豆浆杯，又变得兴高采烈起来。“好吧，南方树林里的一杯豆浆，为了我们的相遇，干杯。”

那天晚上，也许本该发生点什么的。

可是什么都没发生。

我和图图都困得一塌糊涂，趴在快餐店的桌子上，睡得像两头死猪。中间我有醒过一次，图图年轻美好的脸几乎紧挨着我，她睡得那么安宁，像一个小小的婴儿，有一刻我几乎忍不住想伸手去触摸一下她吹弹可破的脸颊，但终究没有。

六点多的时候我被窗外照进来的阳光惊醒，她也一样，惬意地伸着懒腰。我有些不好意思，她倒是落落大方："早上好啊，昨晚休息得还好？"

我点头。

"你撒谎啦，这种地方，怎么可能睡得好？"捉住了我的小辫子，她洋洋得意。

我却不想为自己辩解，只是呆呆看着她。刚刚睡醒的她脸上皱皱的，但是眼神澄澈得像四月的湖，在我的记忆中，那是她最美的一刻。

"哎，你傻了吗？没什么要说的？"她提醒我，"我就要走了啊！"

"再见。"我说，心里却蓦地涌上一股悲伤。也许我应该说的是另外一个词，可是天晓得，我什么也说不出来。再见或许就是永远不见，这个在我生命里相处只有一天的美丽女孩。

然而她忽然伸出胳膊，狠狠地拥抱了我。

"谢谢你，林南一。"她连珠炮似的开了口，好像生怕被我打断，"谢谢你救我，谢谢你陪我一整个晚上，你不知道一个人早晨在快餐店醒来，这种感觉有多可怕，醒来第一眼看见你，感觉就像……就像……总之，就是感觉很好很好，从没这么好过，你知不知道？”

她松开我的时候眼睛似乎有些湿润，紧接着她果然将面前的大半杯豆浆一饮而尽。然后，她调整自己的表情，竭力要做出“世界真美妙”的样子，因为，假使不如此，简直没有勇气把生活继续下去。

我很不争气地偷偷掐了我自己一下。

是梦？不是梦？

“再见，林南一！”她高高地挥手和我告别。

后来我才知道，这是图图特有的一个姿势。她告别的时候是这样兴高采烈，仿佛下一秒钟等待她的不是分离而是更加甜蜜的相聚。

而那天，在熹微的晨光中，她高高扬起的手臂像一对翅膀，在早晨清新的风里，轻盈得好像就要飞起来。

就在那一刻，我确定自己爱上了她。

可我还是那么没出息地连电话号码都没敢问她要，就这样眼睁睁看着她，从一个暗一点的光影走进一个明亮一点的光影，最终，走出了我的世界。

CHAPTER 2

林南一和图图

我喜欢的导演侯孝贤说过一段话，我一直认为无比正确。

他说："所谓最好的时光，不只是指美好的时光，而是不能再发生的时光，只能用记忆召唤回来的时光。"

认识图图以后，我开始了人生中最好的时光，而比较遗憾的是，一直到很久很久以后，我才真正明白。

我先来介绍一下我们的乐队"十二夜"，成员有张沐尔、怪兽和我。

乐队刚组建时我们三人都是在校学生，我学电子，怪兽学法律，张沐尔学医。我们三个在A市著名的"酒吧一条街"认识，三个都是卖唱的学生，臭味相投，一拍即合。

众所周知，我们是有理想的。然而我们并不指望混到像平克·弗洛伊德那样成为一代宗师，我们只是想有自己的歌，自己的专辑，自己的录音室。我们三个人中怪兽比较有钱，因为他家在海宁开了一间皮衣厂。有钱的怪兽在校外租了一个小套间，辟了其中一间作为我们的排练房。除了必不可少的学习时间，我们就在那个阳光不足的房间里扒带、写歌、排练。我们也曾给大大小小的唱片公司寄出过小样，但是无一例外地石沉大海音讯全无。

“我们需要一个女！主！唱！”张沐尔无数次痛心疾首地说。长久以来他就认为一个美女可以解决我们全部的问题，因为我们已经足够有才华足够有理想，需要的只是一点点的关注。他甚至找过一个外语系系花来跟我们合练，结果那个女生只会唱布兰妮的歌，当她第十一次唱到 *Baby one more time* 的时候，怪兽终于忍无可忍，把她从我们的排练房赶了出去。

“难道茫茫人海中，我们就找不到一个既漂亮，又会唱歌，又有品位的女生？”张沐尔仰天长叹。

怪兽恶狠狠地瞪他一眼。

我不忍地看着他：“还是有的……”

“谁？”

“诺拉·琼斯。”我说。

那之后我们就再也没有跟女生合练过，虽然张沐尔信誓旦旦地说，为了乐队有一天能大红大紫，他从未放弃过寻找金牌女声的想法。不过，他努力了一年，乐队成员还是我们三个。怪兽对这情况比较满意，他认为历史上伟大的乐队里都没有女人，他是一个有点疯狂的家伙，但很有才华，我们乐队的大部分作品都是由他作曲——当然，写歌词的是我。

虽然张沐尔偶尔对怪兽那些晦涩的作品有点小小的不感冒，

但总体来说，我们是好哥们，相处得也很不错。

张沐尔失过一次恋，我和怪兽没有女朋友，我们的青春多少有点寂寞，但其实我觉得还不错。

但是那些天，我常常会莫名其妙地想起一张脸，甚至在食堂吃早餐的时候，莫名其妙地想喝一杯豆浆。虽然我确定那个夜晚不是梦，但对我而言又的确是一场真正的梦，那个叫图图的女生，我们还会不会再见面？如果再见面，我该是什么样的心情，说些什么样的话或做什么样的事呢？怀着这种百无聊赖的猜想我百无聊赖地上了几天课，然后在两位仁兄的短信轰炸下逃难似的奔去了排练房。

张沐尔和怪兽已经到了，我马上发现情形有点不太对。

“他怎么了？”我指着在角落里闷闷不乐的怪兽问张沐尔。

张沐尔严肃地说：“怪兽认为，我们应该找一个女主唱。”

“为什么？”

“你还记得上次你写的那首歌词吗？”张沐尔问，“就是那首特别悲情的，我想知道什么什么的歌词？”

我当然记得。实际上，那是我非常得意的一首歌词。

“他配好曲了。”张沐尔指指怪兽，“可是，连他都认为，这首歌只适合女孩子唱。”

怎么可能！

可是，当怪兽抢过我的吉他把曲子哼给我听的时候，我马上就理解了。这确实是我们乐队创建以来难得的一首好听的歌，怪兽不知道受了什么刺激，把旋律写得格外婉转，尤其是最后渐行渐灭的高音部分，也实在只有女生才能演绎。

“怎么办？”怪兽两手一摊问道。

“要不，我再去叫那个外语系的女生来？”张沐尔征求意见，“一年了没准她已经会唱别人的歌了，就算麦当娜也成啊。”

怪兽的眼里简直要飞出小刀子，一刀一刀割下张沐尔的肥肉。“算了，还是自己唱吧。”他一脸沮丧。

我忽然有了一个主意。实际上，当它冒出来的时候，我才知道，它原来在我的脑子里已经蓄谋很久了。

我要找到图图。但是现在，我还什么都不能说，因为我没有图图的任何联系方式，只知道她在市一职高学会计。我要找到她，不仅是因为她能当我们乐队的主唱。更因为，我发现我已经无法忘记她。

要在茫茫人海中寻找一个只见过一面的女生，这当然是件很有难度的事情。

我甚至冒险去过那家不再欢迎我的酒吧，那群流氓虽然没有出现，可是，图图也一样杳无音讯。我问过老板：“你认不认识那天晚上打架的女孩？”他简直是用看恐怖分子的眼神看我，挥挥手示意我滚蛋。

接下来，我唯一能做的事情就是去市一职高蹲点。去了我才知道，市一职高有三个年级，每级设有四个会计班，每班四十个人，也就是说，在这一共四百八十个人中，我要找出一个名字里可能有个“图”字的女生。

谈何容易。

我试过当他们上课的时候在教室外面窥探的方法，这时候我才发现，原来职高的管理还是挺严的，我每次转个不到二十分钟，就会有保安冲上楼来把我赶下去。在我有幸看过的六七个班级里，我并没有看到图图的身影。不过也有可能是，她是一个逃课高手，而我的近视很严重。

总之，当你真的要在茫茫人海里寻找一个人，这个人就总有无数的理由可以和你错身而过。以前我看几米的漫画《向左走，向右走》，觉得荒诞无比，两个住在同一栋大厦的人，就算可以躲避对方也迟早会低头不见抬头见，而当我满世界寻找图图时，才终于承认，世界是一片海洋，一条鱼想要第二次遇见另一条鱼的概率，或许接近于零。

但我不会甘心放弃，即使到最后，我只能用一个最笨的方式——在校门口守株待兔。

然而这也是很有困难的，因为，据我所知，市一职高有三个校门。

我给自己制定了一个时间表，周一周二在西门等，周三周四在东门等，剩下的时间在北门等。做出这个白痴决定的时候我真想抽自己一个耳光，那天留下她的电话，不就什么事都没有了吗？

通常白痴过后的我就会变得智商超常，我忽然想到了我的吉他，对，我的吉他，我应该用它来做点什么。于是，那个黄昏，我像琼瑶片里的男主角一样抱着吉他假模假样地坐在职高的正门前，我要唱的第一首歌就是林晓培的《心动》，短短时间，它已经在我的最爱歌曲排行榜里飙升到第一名。“啊，如果不能永远走在一起，也至少给我们怀念的勇气、拥抱的权利……”吉他是我唯一自娱自乐的方式。一些穿着很时尚的职高女生从我身边经过的时候会很感兴趣地看一眼，但是，她们没有一个人和我说话。只有一个调皮的女生在叽叽喳喳:“咦，他的帽子呢?”

把我当要饭的了!

我忍辱负重地又唱了三首歌，图图也始终没有出现。

时间飞快地过去，当我开始怀疑自己这样的等待到底有何意义时，终于有人在我身边停下脚步。

“嗨!”一个女生说,“你在找人吗? 那天在我们教室门口转悠的人是不是你?”

“我找图图。”我非常坦白。

“图图?”她皱皱眉头，看上去有些疑惑。

“就是,”我忽然像抓到救命稻草一样想起一个细节,“就是你们学校‘四大美女’里最漂亮的那个!”

“哦，她呀。”那个女生明显不认同。

“你认识她?”我压抑着自己内心的欣喜若狂。

“你为什么找她?”她一脸不屑地打量我,“想追求她是吧，很多人都想追求她的。”

“你到底认不认识她?”

她看天看地看脚尖，犹豫半天，终于对我说:“我可以带你去找她。”

她带着我穿过市一职高的校园，从一扇最荒僻的门走出去。她告诉我，这是小西门，从这里走出去四五百米有一个很老的居民区，因为地处偏僻而且房子破旧所以相对便宜，很多不愿意住宿舍的职高生会在那一带租房子。

很快我们到了一个黑洞洞的单元楼前。

“她好像住在二楼。”女生告诉我。

不劳她告诉，我已经知道图图就在这里。因为我听见她的声音，仿佛近在耳边。“不就是房租吗！”她有些声嘶力竭，“给你！给你！姑奶奶连命都给你！”

身边的女生几乎抱歉地看了我一眼。然后，像一切善良的指路天使，她向我告别，而且再也没有出现。

我三步并作两步冲上楼去。

房门大开着，可以看见里面简陋的家具。我先是看见一个巨大的行李包、满地的护肤品和玩偶，然后，我才看见图图。她穿着拖鞋站在那一堆杂乱的物品中央，头发凌乱，看上去狼狈不堪。

“图图，”我冲上去，“图图你这是怎么了？”

她像只受惊的小鸟一样回头，这时候一个很大的枕头被扔出来，里面的人骂骂咧咧：“交不起房租就不要住房子，还想赖账？你这样的人我见多了！”

“谁赖账！”图图满脸通红地跳起来，如果不是我及时拉住她，她就要冲进去和那人拼命。

“别冲动，别冲动。”我只会这么傻傻地说一句。

“她，她扔我的东西……”图图愣愣地看了我一秒，突然间，像山洪暴发似的号啕大哭起来。

哦，我的好姑娘，我心疼地擦干她的眼泪。她抓着我的胳膊，把脸埋在我胸口。

她的身体烫得惊人，我吓得一把推开她："你病了！"

"豆浆，是你？"她对我微笑，是种很恍惚的微笑，她那样微笑了很长时间，然后，她的身体就慢慢歪倒下去，像一朵在阳光下支撑了太久的花。

后来我才知道，她其实已经病了三天了。自从宿舍住不下去以后她就到这里租房，可是她的钱只够付定金，她和房东软磨硬泡才硬是住了半个月，而我赶到时，就正好看见了房东赶她出门的一幕。

我掏出兜里所有的钱给了房东，那个看上去很不好惹的中年女人满腹狐疑地盯着我看了半天，终于答应让她再住三天。

我把她的床重新收拾好，把她扶到床上，然后告辞。

"豆浆，"我临出门的时候她在我背后喊，"你来找我，有事吗？"

我转身，看着她，摇摇头："请记住，我叫林南一。"

她眼睛发亮地看着我："林南一，你是不是老天派来保护我的？"

我的眼泪差点掉下来。

出了门我就以百米速度冲到怪兽家，直截了当地说："哥们，借点钱。"

"多少？"他问。

"一千五。"我想了想。

"你惹麻烦了？"

“没有。”

他眼神复杂地看了我一眼，然后进屋给我拿钱。

我冲回图图家的时候她还在睡觉，我像个疯子一样地按门铃，举着那一千五百元，像举着一面胜利的旗帜，在她拉开门后一头冲了进去：“图图，走，我带你去看病。”

她倒回床上，有气无力地说：“林豆浆同学，你能不能不要这么一惊一乍的，要死人的，你知道不？”

“去看病。”我说。

“我没病！”她坐起身来，好像忽然一下子恢复精神的样子，“哦，对了，你不是走了吗，你又跑回来干什么？”

我把手里的钱递给她。

她接过钱，有些犹豫：“林南一，你也是学生，哪来的钱？”

“你别管。”我说。

“我要管。”她把钱一甩，“你以为我是那种喜欢拿男人钱的女孩子？”

这是哪跟哪儿啊！我哭笑不得，可她不依不饶，挥着双臂，用高烧患者固执的眼光紧盯着我：“你以为随便谁，只要给我钱，我就会感激涕零？你以为，只要给了我钱，我就会给你你想要的东西？”

我一动不动，一声不吭，直到她的叫喊变成了啜泣：“林南一，对不起，我只是想知道，你对我这么好，是因为你同情我？可怜我？还是……”

“我喜欢你。”我捂住她的嘴不让她继续瞎说，“我爱你，图图。”

她不敢置信地瞪着我：“你说什么？”

“我爱你。”老天知道我重复一遍需要多大的勇气。

“那就好。”她的声音突然变得温柔，像一个巨大的黑洞，里面装满了疲倦，“让我睡吧，我只要睡一下下就好，一下下。”

她睡了一天一夜。我一直守在她身边。她还有一点发烧，脸庞呈现出淡淡的粉红色。我不止一次叫她起来吃药喝水，她迷迷糊糊地勾着我的脖子，咕嘟咕嘟喝水的样子像一个八岁的孩子，喝完之后马上倒头又睡，就好像她有三辈子没有睡安稳过似的。

半夜里我困到极致，伏在她的床边打了个盹，却被她拍醒。她看上去很清醒，眼睛睁得大大的像两颗明亮的火石，她就那样注视着我，好像已经看了很久很久，我听见她一字一句地问：“林南一，你一直守着我？”

我点头。

“有点太快了。”她温柔地说，“你小子真是性情中人，要小心在感情里受伤哦。”

然后她就又睡着了，等我再度醒来的时候，她还在睡。所以直到今天我还是不能肯定，那是个梦，或是确有其事。但是真的，我爱图图。在我二十一年的生命里，这是一件最温柔、最忧伤也最确定无疑的事。

所以，快吗？不不不，肯定不快。

我把图图带到排练室是两个礼拜以后的事，那时候她已经是我的女朋友了。

张沐尔打我一拳:“小子，地下工作进行得不错啊!”

怪兽有点怪怪地看了我和她一眼，我想他马上就猜出了借钱的事。我有点尴尬，所以拍拍他的肩膀说:“嘿，我想，图图可以当我们的主唱。”

张沐尔表现出很有兴趣的样子，因为图图实在比那个外语系女孩漂亮得多。

怪兽面无表情地把乐谱拿给图图。

“对不起。”图图推开，“我不识谱。”

我以为怪兽要发作，没想到他却好脾气地说:“那么你可以叫林南一弹给你听。”

我拿过吉他之后这件事就一切顺利，图图的歌声毫无悬念地征服了他们，多愁善感的张沐尔眼睛里甚至泛起了小泪花。

“太棒了!”他说，“这下我们要出名啦!”

怪兽啪地给了得意忘形的张沐尔一掌，很郑重地向图图伸出手:“欢迎你加入十二夜!”

图图有点不知所措地看着我。“这就行了?”

“行了。”我说。

怪兽煞风景地说:“不过，如果林南一不能在一个月以内教会你乐理，我们就换人。”

图图吐舌头:“那你不如现在就换，我要多笨有多笨。”

她简直是说笑。我从来没见过比她更聪明的女孩。当然，图图不是个好学的女孩，不然她可能早就考上名校了，她甚至有点厌学，在我跟她讲移调和转调的时候，她不耐烦地踢了我一脚:

“为什么我要学这些？为什么我要加入这个破乐队？”

“为了我。”我说。

她扁起嘴唇看着天花板，好像在思考加入这支乐队到底值不值得。

最后她把手伸给我：“好，不过你可得记住，我这都是为了你。”

一个月之后，图图顺利通过怪兽苛刻的考核，正式成为“十二夜”的主唱。

拥有女主唱的“十二夜”第一次亮相是在一年一度的大学生音乐节。上次我们表演的是窦唯的《山河水》，因为太枯燥差点没被观众轰下台。而这一次，怪兽居然默许我们排了一首王菲的《誓言》，因为这首歌最能突出图图的音色。

“你说咱们这算不算跟现实妥协？”张沐尔偷偷问我。

“你得去问怪兽，”我没主意地说，“他说有就有，他说没有就没有。”

而事实是，不管是妥协还是别的什么，我们的“十二夜”在音乐节上获得了巨大的成功，主唱图图也成了最耀眼的明星。很多男生围在舞台边起哄要图图的签名，不过，到最后他们好歹弄清了，“十二夜”乐队的吉他手脾气很坏，谁要是站在他女朋友方圆一尺以内超过一分钟，他都会用拳头示意“滚开”！

在音乐节的闭幕式上，图图演唱了我们最得意的作品《我想知道你是谁》。几个月的时间，我们四个都在修改和排练这首歌，我和张沐尔在怪兽的主旋律上增加了更多元素，而图图的演唱，则是对这首歌的又一次提升，因为她的声音实在太美。

我知道，谁听到图图唱这首歌，都会不能自拔地爱上她，至少我是这样。唱到高潮部分，“在你离开的第十二个夜晚，天空倒塌，星星醉了，漫天的雪烧着了，我的喉咙唱破了”时，她的嗓音真的有些微的喑哑，一种莫可名状的悲伤从她的声音里流露出来，而她压抑着，压抑着，直到最后一个高音，才不能控制地让眼泪迸发。

台下掌声雷动。

“嘿，你知道吗？”张沐尔碰碰我的胳膊，心悦诚服地说，“你女朋友是个天才。”

我沉默。

我忽然有种感觉。

在台上唱歌的图图是一个对我来说完全陌生的女孩，我认识她，可又不是以前的那个她。她不是那个在酒吧里惹麻烦的女孩，也不是那个病病歪歪交不起房租的女孩，她的身体里有一种让我感到完全陌生的力量，如果它喷发出来，就会势如破竹地毁了一切。

我打了个冷战，告诉自己这是没来由的怪念头。

音乐节结束之后，我们作为最佳乐队接受了一家不大不小的音乐杂志的采访。

“祝贺你们！”那个戴眼镜的女记者傻乎乎地说。

我们等着她说下一句，结果她呆呆地看着我们，后来我们才知道，原来她和我们一样没有准备。

“祝贺你们！”她又说，“你们是这次音乐节上最受欢迎的乐队！”

“我们知道。”怪兽有礼貌地说，可是这句话听上去很像嘲讽。

“现在，请你们谈谈获得最佳乐队的感想吧。”她总算是想到一个问题。

“我们很高兴。”张沐尔肯定地说，我们也很肯定地点头，为了配合“很高兴”这个词，我们甚至特意笑了好几声。

“听说乐队成员中，吉他手和主唱是感情很好的男女朋友？”女记者好像忽然抓到了救命稻草。

图图没有犹豫，笑嘻嘻地搂一搂我说：“是。”

女记者很兴奋：“能不能谈谈你们的恋爱经历？”

图图很爽快：“没问题！”

然后就基本没我们三个人什么事了。

那一期的杂志出来后，我们才发现关于“十二夜”的那一篇文章，几乎做成了图图的专访，而我当然需要在里面充当一下背景，抱着吉他摆几个忧郁的姿势，名字叫作“女主唱的男朋友”。

而怪兽和张沐尔，简直连当背景的机会都没有，只被寥寥几笔带过，叫作“乐队的其他两位成员”。

那个女记者甚至给她的文章取了这样一个题目：一段用音乐注解的爱情。

虽然我们中间没有一个人曾经明确地提出对这篇报道抱有什么期待，不过可以肯定的是，张沐尔和怪兽看完之后都有些失望。

“我们还是没有出名。”张沐尔有天忽然感叹道。

图图敏感地看了他一眼，怪兽也咳嗽了一声，张沐尔也就嘻嘻哈哈地岔开了话题。

那天晚上我送图图回家的时候，她有点生气，又有点委屈，毕竟那个女记者又不是她找来的。

“林南一，你说，我是不是特爱出风头？”她问我。

我只好温和地回答：“爱出风头又不是什么错。”

她跳起来：“那你的意思就是我爱出风头了？”

“你不要无理取闹。”我沉声说。

“无理取闹？”她的音调走高，“林南一你说我无理取闹？”她狠狠地推了我一把：“那好，我现在要回家，你给我站在这儿别动，不然，我就无理取闹一回给你看，你信不信？”

说完她转身跑了，飞快地消失在黑夜里。

我没有去追。

第二天，图图没有来参加合练。

接下来的两天也没有。

我甚至怀疑我再次把她弄丢了。不过怪兽和张沐尔分别给她打过电话，她倒是接了，气哼哼地说某个人不跟她道歉她就不来。

“不来就不来。”我也生气，“还反了不成？”

张沐尔自责地说：“都怪我。”

“怪你什么？”怪兽瞪他。

“怪我想出名想疯了。”张沐尔就差没有抱头大哭。

怪兽看看他，又看看我，终于试探性地问了一声：“要不，某人就去道个歉？”

“休想。”我自尊心严重受伤，“她重要还是我重要？”

“怎么搞得跟个娘儿们似的。”怪兽咧嘴笑着说。

“可她是主唱啊！”张沐尔不打自招地说。

那天，我们的合练草草结束。我背着吉他回到宿舍，好几次都忍不住想要打电话给图图，可是最终没有。其实我并没有生她的气，我怎么会生她的气呢？我之所以不联络她，是为了一个我说不出口的理由。

我想看看，在她的心里，我到底有多重要。

或者说，她是不是像我爱她一样地爱着我？

这样的念头真像怪兽说的，像个“娘儿们”一样可笑。

没有图图，一个小时也会变得漫长，我去食堂吃饭，去澡堂洗澡，趿着一双拖鞋躺在床上吸烟，结果吸着吸着睡着了，醒来的时候烟头已经点燃了床单。

在我手忙脚乱地把床单从床上拽下来的时候，手机响了。

是图图。

她好像在做一个很重大的决定，跟我打电话的声音居然有些严肃：“林南一，你现在在哪里？”

“我马上去找你！”我没自尊地把床单扔到地上踩了几脚，像上了发条一样奔出了宿舍。

从职高的北门到西门，穿过那一片混乱的居民区，我好像用了一辈子的时间。

我敲门，图图穿着木屐嗒嗒地跑过来，一见我，先愣了几秒，接着就搂住了我的脖子。

“死林南一臭林南一死林豆浆坏林豆浆！”她哽咽着大喊，“这两天你死了吗？怎么连电话都不打？”

我抱着她，感受着她的体温，她的眼泪很快浸透了我的T恤，在我的胸口引起一阵温热的感觉。

“图图，”我抚着她的头发，“别哭了，别哭了啊？我今后再也不这样了，我保证！”

她哭得更大声。

我的心快要被她的哭声揉碎了，只能更紧地抱着她：“图图，你听着，我发誓，不管你今后再生气，再不理我，我发誓我一定不会再这样让你难过，我一定每天给你打三个，不，三十个、三百个电话让你骂我，直到你消气为止，好不好？”

她泪眼婆娑地看了我一阵，最后点头说：“好。”

我心疼地擦干她的眼泪。

“其实我有事跟你商量。”图图深呼吸了几下，终于能够正常地说话。然后，她关上门。

“什么事？”

她扔给我几张A4纸。

“他们看了那本杂志上的报道……”她有些艰难地说，“我今天接到这个，我不知道该怎么办才好。”

那几张纸是一份唱片公司的合约。说合约，其实不太精确，那其实只是一份草拟的邀请函，那家还算有实力的唱片公司很看好图图，并且表示，如果图图愿意签约他们公司，他们会安排她参加一个电视选秀活动，并且保证她能进入前十，然后送她去台湾学跳舞，甚至可以给她假造一个全新的身世，最后，再请金牌制作人为她打造个人专辑，铁定一炮而红。

“怎么办？”图图问我。

我犹豫:“看上去还不错。”

“你倒是给个准话啊！”她着急了。

“你不是一直想当明星吗？”我仍然含糊其词，“这是个好机会。如果我是你……我不会错过。”

“什么叫‘如果我是你’？”图图有些困惑，“你搞明白没有？”

“什么？”

“他们只想签我一个人！”她冲我喊，“没有十二夜，没有怪兽和沐尔，也没有你！”

“我知道。”我尽量冷静，“可是图图，这个对你很重要……我想，你应该自己拿主意。”

“我自己拿主意？”图图不敢相信地看着我，“这就是你要对我说的？”

她的眼神让我心痛，但我仍然肯定地点点头。

图图伸手捂住脸，无力地往床上一靠。很久很久，她没有说话，再次开口的时候她的声音显得有些迟缓，透着伤心:“林南一，你知不知道，这两天我想了多少事情？你知不知道，自己做决定，对我来说多么不容易？”

“可是图图……”

“林南一，”她打断我，“你能回去吗？我想一个人待一会儿。”

我离开了。

那天晚上我想过所有的可能性。我甚至想过，我应该冲回去，告诉图图，我多么不希望她走，我希望我们永远在一起，做一个小乐队，享受着属于我们的小幸福，让唱片公司见鬼去！

可是我知道，我不能这么做。图图有她自己的梦想，有她自己的未来。她是一个那么美好的女孩，配得上最美好的生活。

如果因为我，让她做出日后后悔的决定，我更会自责一辈子。

第二天，我无精打采背着吉他去找怪兽和张沐尔。

图图已经在那里，低声和张沐尔说着什么，看见我到了，居然紧张得站了起来。

“嗨，林南一！”她怪怪地跟我打了声招呼，眼睛底下有两个大大的黑眼圈。

我沉默地找了张椅子坐下，合练很快开始。

那天我的状态特别奇怪，总是错音，连练过很多次的曲子也错得一塌糊涂。张沐尔用眼神杀我很多次，怪兽终于发火：“谁不用心排练就给老子滚出去！”

我背起吉他就走。

“林南一！林南一！”图图追出来，在背后喊我。

我停下来打量她，不知为何内心有些茫然。

“林南一！”她看着自己的脚尖，“我没有接受他们的邀请。”

“哦。”我不知道我还能说什么。

“林南一，我想让你明白。”她搓着衣角，“虽然我很想当明星，因为那样就会有很多很多的钱……可是，我……我知道对我来说还有更重要的东西，我想和你，想和你们在一起。”

我想和你在一起。

这一句已经足够。

图图仍然不敢看我，从某种意义上说，我们都是怕羞的孩子，袒露内心会让我们窘迫不安。

我轻轻地抱住图图，她瘦瘦的胳膊也轻轻地搂着我的背，那一天出奇地云淡风轻，我们站在人来人往的校园要道，有人轻轻议论：“这不是那个乐队的成员吗？”我们也不管，任凭全世界为我们驻足。

那是我生命中最明亮和甜蜜的一天。

那是再也不能重来的、飞扬跋扈的、最好的爱情。

半年后，我和怪兽、张沐尔相继从学校毕业。张沐尔进了我们大学的医务室，我进了一所中学教音乐。怪兽没有考公务员，也没有找工作，每天无所事事地混，居然还买了一辆车——看来他比我们想象的还有钱。

图图还要一年才能毕业，但当我租下一套小房子，问她能不能来和我一起住的时候，她没怎么犹豫就答应了。

她搬进来那天是我的生日，一间屋子里一旦有女孩住进来，就会莫名其妙地变得拥挤起来，开始像一个家。

她把她的瓶瓶罐罐放进浴室，七七八八的鞋子摆到门后，这场战役总算告一段落。

“嗨，林南一，”她忽然得意地喊，“你看！”

我看过去，不知何时，她已经在门后贴了一只张牙舞爪的大狮子。

“干什么？”我只晓得傻笑。

“这是我。”她指着狮子严肃地说。

然后她用一支签字笔在狮子的嘴边画了一个可怜巴巴的小人儿：“这是你。”

“哦。”我说。

“你不想知道，这代表着什么吗？”她神神秘秘地问。

我摇头，她狡猾地笑起来：“这代表着，我吃定你啊！哈哈！”

她笑得那么灿烂，我也跟着笑起来，那一天我都在傻笑中度过，直到怪兽和张沐尔来给我们庆祝。

开始，我们唱歌；后来，我们喝酒。等到大家都喝到五分醉，张沐尔开始改口叫图图“嫂子”。图图开始有点不习惯，后来就笑眯眯地、爽快地往自己的杯里倒酒，一杯又一杯。

喝到最后我们都醉了，也都有些奇怪的伤感。怪兽和张沐尔相互搀扶着歪歪倒倒地离开，我瘫在床上，只有图图强撑着收拾满地狼藉的房间。我听见图图在厨房里开大水龙头哗哗地刷着碗碟，水声给我一种遥远的错觉，我忽然心慌得厉害。

“图图，图图！”我喊道。

她跌跌撞撞地跑过来。

“林豆浆，你怎么了？”她弯腰看着我，惊叫道，“看你一脸都是汗！”

“图图。”我紧攥着她的手，嘟嘟囔囔，“你就在这儿，哪也不许去。”

她微笑，那笑容在我摇晃的视野里像花开一样美丽。她搬了把椅子坐在我身边，把我的双手轻轻展开，放在她的膝盖上，继续那样微笑地看着我说："别担心，我哪儿也不去。"

然后，她慢慢地俯下身，把她花瓣一样柔软的嘴唇轻轻盖在了我的嘴唇上。

是的，她吻了我。

我的好姑娘吻了我。

那一刻，天地崩塌，之后又万籁俱寂。

我把图图抱上了床，我觉得我应该做点什么，因为如果我不做点什么，我肯定就不是一个男人，图图好像猜到了我的心思，咯咯咯地笑起来。我板起脸问她："你爱我吗？"

"有点。"她说。

"多少点？"

"一千点一万点。"她说。

我装傻，捏着她的鼻子不让她出气。她笑不起来了，就直往我怀里钻，夜真美得有些让人心驰神往，我们都喝醉了。这是我第一次觉得，醉是一件顶好的事情。

第二天醒来，客厅已经被收拾得很整洁，图图去上课了，在桌上留了一张小纸条：亲爱的，上午十点你要给别人上课，千万不要迟到。

我握着那张纸条怔了半晌，几乎不敢相信，传说中完美无瑕的幸福生活，已经屈尊降临到我身上。

CHAPTER 3

消失

新生活就这样开始了，我从林南一变成了林老师。

有时候在校园里，一群女学生经过，大家齐声喊:“老师好！”我转头看后面，女生们便哄笑着离开了。

好长时间，我都认不清自己的角色。

那个在街头抱着吉他唱歌的不定性的男孩，忽然必须要“为人师表”，用图图的话来说，还必须要“为人夫表”。有点小难度。

但是，生活就是这样，有首歌叫《慢慢来》，图图喜欢唱，我也喜欢听，是的，慢慢来，慢慢体会，这是我们必须掌握的节奏。

工作之余，我最大的爱好当然还是音乐。音乐是我的理想，我不止一次地跟不止一个人说过这句话。听得最多的是图图，她总是温和地拍拍我的头说:“我长不大的天真的男人，我饿了，请去烧饭。”

“为什么你不能烧？”

“因为我饿了，烧不动了呀。”她狡猾地说。

我乖乖地去烧。我的确很宠图图，我也愿意这样宠图图，但是在我的心里，我知道，这些普通又普通的日子，不是图图的将来，也不是我的将来。我们的将来，应该从“十二夜”起步、开花、结果……

可惜的是，再没有人关注过“十二夜”。

再没有大学生音乐节，也没有其他音乐节，即使是杂志社傻记者的专访也没有，虽然有了美丽的女主唱，寄给唱片公司的小样照旧石沉大海。就连酒吧一条街也开始更欢迎 R&B 曲风的歌手，请个女孩子一晚上唱几首英文歌，比请个乐队要便宜而且讨好得多。

我们飞快地被人忘记。原来机会像一个高傲的女郎，被拒绝过一次之后，就执意不肯再次光顾。

不过可以作为安慰的是，我的教书生涯还算顺利。我所在的天中是省重点，近来省教委大力提倡素质教育，天中相继成立了戏剧团、器乐团、合唱团，历来把升学率当命根子的学校一下子奇缺文体人才，而我则误打误撞地有了用武之地。

我担任着器乐团的指导老师和合唱团的顾问，成天忙得不可开交。比较讽刺的是，器乐团成立不到三个月，由我指导的学生吉他弹唱节目居然就在省里的文艺评比里拿到了一等奖。这俨然成为天中素质教育的一件盛事，校团委特意给我们开了庆功宴，那其实又是个小型的文艺汇演，当他们叮嘱我自备节目的时候，我出于恶作剧心理，建议“十二夜”乐队来参加演出。

他们答应了。

那一天，我们四个穿得格外老实，怪兽和张沐尔都是白色T恤和牛仔裤，图图则穿了一身类似学生制服的水手装，长发在脑后高高地扎一个马尾，看上去比中学生还中学生。

演唱的曲目也比较中规中矩，《橄榄树》《兰花草》《拜访春天》，都是挑不出任何岔子的健康向上的曲目。直到快结束的时候，我们才唱了那首《我想知道你是谁》。

效果出奇的好，全校学生都疯了，他们拍着掌，跳着，气氛高涨到极致。好多学生冲上来要图图签名，我们好不容易才把她从台上救了下来。

图图朝我眨眼睛，趁周围没人的时候偷偷问我："怎么样，没给你丢脸吧？"

"微瑞估得（非常好）。"我说。

她哈哈笑起来，揽住我的肩膀问："告诉我，哪个女生追求你最厉害，让她先来跟图图阿姨PK一下。"

"没有的事。"我说。

"才不信。"她摇着肩膀说，"你混得这么差吗？"

正说着，就有女生挤过来："林老师，请签个名。"

"我？"我指着图图说，"该她签吧？"

"一起签。"女生嘻嘻哈哈地说，"林老师，你女朋友很漂亮！"

啊，全天下的人都有火眼金睛。

图图得意地转着手中的笔，看来，做我的女朋友还算是件风光的事。

演出结束后，学校请吃饭，团委书记居然跟我们一一握手敬酒，拍着我们每一个人的肩膀，尤其是拍着图图的肩膀一再感慨地说:“年轻人，有前途！”

我不知道，如果书记知道了图图只是职高的学生，而且，曾经是一个混迹酒吧的问题少女，会不会又惊又气地晕过去。

庆功宴结束后我们收拾家伙，张沐尔一边把他的鼓往怪兽新买的车上搬，一边问我:“这一晚上多少钱？”

“钱？”我傻了一秒钟。

张沐尔马上反应过来:“哦，义务的，我明白。”他用手指轻轻弹了弹他的鼓以掩饰尴尬。我们一起坐在后座，他先不说话，可忍不住又问了一句:“那你得这么一个奖，他们给你多少钱？”

“没钱。”图图啪地给了他一下，“这是在培养祖国的音乐幼苗，懂吗？光惦记那点钱，你小子俗不俗啊？”

“我俗，我俗。”张沐尔嘿嘿笑着说。

气氛忽然有点怪怪的，我点燃一根烟，怪兽和图图同时制止，图图说:“不要抽烟！”怪兽说:“要抽滚下去抽！”我讪讪地把烟熄掉，原来我们排练的时候简直可以把烟当饭吃，不知道从什么时候起，大家都变了。

怪兽把我们送到楼下，楼道的声感灯早就坏了，我们只好摸着黑一层层往上爬，图图一直不说话。楼道很窄，我的吉他会撞在墙上，发出铮铮的声响。图图轻轻地靠在我胳膊上，每撞一下，她都会轻声叹息一声。

进到家里，图图洗澡，我上网。浴室里水声哗哗，过了一会儿图图跑出来说:“林南一，浴室下水道堵了。”

我正在吉他中国论坛上试听几把极品吉他的弹奏曲，头也不回地说:“我明天叫人修。”

“那今天怎么办?”

“一天不洗澡又不会死!”我有些不耐烦。

她气地趿着拖鞋啪嗒啪嗒到了我的身边，一伸手拔掉电源:“林南一，你现在越来越过分了!”

“谁过分?”我指着被强行关机的老IBM电脑,“你说说，现在是谁过分?”

她瞪大眼睛看我的样子好像要吃人，过了十几秒才摆出一副强制冷静后的姿态:“懒得跟你争!”然后，我听见她趿着拖鞋啪嗒啪嗒的声音，然后砰地关上了卧室的门。

这是我们第一次为琐事争吵。

那晚我上网到很晚，看完新闻看电影，看完电影看球赛。两点钟我困到哈欠连天，推开卧室的门，她正面对墙躺着，听见我进门，肩膀微微耸了一下——她还没有睡。

我的气当然马上消了，我想不通自己为什么会对图图生气，我轻轻走到床边，隔着薄薄的空调被拥抱了她一下。我们就这样和好了，不需要语言。当我们相爱的时候，也不需要说对不起。

“林南一，你说，如果我们很有钱，是不是就不会吵架?”我的手臂轻轻环着图图，她没头没脑地问出这么一句。

我想了想，回道:“应该还是一样会吵吧，可是我还是一样爱你。”

“林南一，你真好。”她终于放心地打了个哈欠，忽然又冒出一句，“其实，他们该给你发点奖金的，你应该换把好一点的吉他了。”

“这种重点中学能给音乐老师留一条活路就不错了。”我安慰她，“也许下次就有奖金了。”

“其实你为什么要留在学校？不是有家网络公司要你吗？”

“这是我所能从事的和音乐最接近的职业。”

黑暗里图图低声笑着，好像很开心的样子：“你真傻。我怎么就看上了你这个傻小子？”

我假装生气：“那你可以换啊。你觉得怪兽怎么样？”

她轻轻打了我一下：“别瞎说。”然后她就睡着了，她睡觉时非常非常安静，不打呼也不磨牙，像只小猫一样惹人怜爱。我怕把她惊醒，很久都不敢换个姿势，胳膊渐渐酸麻。我始终没有告诉图图，那一晚其实我失眠了，生平第一次我居然会为自己的固执而沮丧，我恨自己是一个这样的傻小子，如果我能更多地向这个世界妥协，是不是能给图图更幸福的生活？

一晚上我都没能想出答案。也许永远不会有答案。

“十二夜”的排练仍在继续，但坚持已经慢慢变得艰难。没有了演出，没有了钱，连买个效果器都小心翼翼。我的吉他音色只是勉强能听，一直想买一把新的——当然，我的梦想只是一把吉普森的中等价位吉他，两万块，但是如果不行的话，去上海的蓝衫吉他定制工坊定一把五千块的我也满意了。张沐尔在A大医务室的工作薪资微薄，对他的老爷鼓也越来越漫不经心，慢慢开始迟到早退，借口请假。

怪兽总是说："等我想办法。"他的办法是不断地自己垫钱，这根本就不是长远的办法，天晓得这样能撑到什么时候。

当怪兽终于想到办法的时候，他做的第一件事，是卖了自己的车。

他要自己开一间酒吧，名字就叫"十二夜"。这个想法让他变得很兴奋，他不断在酒吧一条街转悠，终于找到了合适的店面，卖车的钱正好付了转让费和半年租金。

"今后咱们就能固定在那演出了，会有固定观众，会有名气，"他显得很兴奋，"面包会有，牛奶也会有的。"

我拍拍他的肩膀："要多少钱，我们有钱出钱，没钱出力。"

张沐尔有点哀怨地看了我一眼。"没钱也没力怎么办？"他嘟囔着说。

怪兽很快反应过来："你小子说什么呢？"

张沐尔耸耸肩："我是说，反正是个死，挣扎有用吗？"

"你说什么？"怪兽一副怀疑自己听错的样子，"张沐尔你再说一遍？"

"我是说，"张沐尔则表现出一副豁出去的样子，"你喜欢玩，你折腾得起，我们这些折腾不起的人，恕不奉陪！"

"你……"怪兽气得失语，半天憋出来一句，"你小子有病！"

"我有病？"看来张沐尔今天成心要闹事，指着怪兽说，"你有钱，"又指指我说，"他有女朋友，我有病，正好！"

图图打圆场："也许沐尔今天是真的病了……"

张沐尔把鼓槌往地上一砸:“你才病了!”

我当然要护着图图:“你小子不要蹬鼻子上脸啊!”

张沐尔还没来得及回击我，怪兽就一声怒吼:“今天没法练了!”他生气得把自己最心爱的拉瑞维贝斯一摔:“都给老子滚!滚!”

事已至此赖着也没用，我横了张沐尔一眼，气哼哼地拉着图图出了门。

晚上我和图图正闷闷地吃着饭，怪兽电话追过来:“其实沐尔是好兄弟。”

我说:“我知道。”

怪兽叹口气又说:“其实前两天他跟我借钱，他父母在老家盖房子要他出钱，沐尔家的情况我们也都清楚……可是我为筹备酒吧已经把所有的钱都投进去了……”

我点头，叹气，没辙。

图图问:“怪兽跟你说了什么?搞得好沉重的样子。”

我摇摇头，这应该是男人之间的事情。

“不说就不说，谁稀罕听!”图图哼了一声，站起来收拾碗筷。那天她显得格外欢快，洗碗的时候还哼着歌，可是她哼的是列依的《永远的草莓地》，音调沉沉的歌被她硬生生地提上去两个调来唱，明亮得有些失常，晚上我睡的时候她居然在发邮件，这对于向来只玩游戏的她来说，实在有点反常。

所以我猜，她还是有心事的。不过，除非她说起，不然我永远不会问。

接下来的排练，我以为张沐尔不会去，可是他到得最早，到了就一个人在角落里抽烟。人到齐，他把烟蒂用脚碾了碾，表情复杂地摆好架势。

“等等。”图图拍拍手，“今天咱们先不练。我有重要的事要宣布。”

这是图图第一次对乐队事务发表意见，我们都有些错愕。

“其实，这件事情，已经发生了好多天了……”真说起来，图图却有点紧张，“有唱片公司一直在问我有没有兴趣和他们签约，当然，我说没有。”她说到这里，瞟了我一眼：“但是后来，他们直接和我联系，问我能不能把《我想知道你是谁》卖给他们公司，他们正在推出一个重量级的新人，我说歌不是我写的，我要问过才能决定。”

图图说到这里就识时务地停住了，所有人的目光转向怪兽。张沐尔抿紧嘴唇不说话，怪兽问：“他们出多少？”

图图伸出一只巴掌。“现金。”她说。

“五千？”我问。

“五万！”图图瞪我一眼。

“价格公道。”怪兽点头，“署名呢？我要求署十二夜。”

图图有些尴尬：“他们……价钱还可以商量，但是他们想署那个新人的名字。”

“怎么可能！”张沐尔先跳起来，“我们在音乐节唱过！谁都知道是我们写的！”

“你醒醒吧沐尔，”图图尖锐地说，“没人有那么好的记性，我们已经被忘光了！”

张沐尔有些颓废，不再和图图争论。我只看着怪兽，我觉得这件事情很荒谬，而图图居然把它提出来就更荒谬，但我不想吵架。我了解怪兽，他并不看重钱，这件事可以到此结束。

怪兽一直低着头，抬起头来的时候他好像在逃避所有人的目光。

“卖了。”他说。

“你疯了！”我失控地喊。

怪兽没敢跟我对视，语气好像在请求原谅：“我们可以写出更好的歌。”

“不是这个问题！”我激动起来，“这是我们的歌啊，怪兽，他们这是在偷，在抢！”

“我已经决定了。”怪兽说，“钱，大家平分。酒吧的装修需要钱，乐队要长远发展，我们必须看远些。”

我摇头，图图不语，张沐尔抽完一根烟，又点一根。怪兽咳嗽了一声，没人回应，于是他说：“那就这么说定了？”他转向图图：“图图，你什么时候约那个公司的人出来我们吃个饭，价钱我还要再谈一谈。”

“好。”图图说。

那一刻，我觉得眼前的一切荒谬无比，我们这是在干什么？一股热气顿时直往我头顶上冲。

“这乐队没法儿弄了！”我把吉他往地上一摔，“老子第一个退出，你们去卖，爱怎么卖怎么卖！”

说完我就往外冲，图图拉住我："林南一，你这是干什么！"

"干什么？"我冷笑，"我正要问你在干什么？唱歌，还是拉皮条？"

这句话烫得像火炭一样，图图一下甩开我的手，脸涨得通红。

"怎么说话的，林南一？"怪兽沉声责备我，"跟她有什么关系，做决定的是我！"

"好啊，是你！"我停住，尽量保持冷静，"今天我把话撂在这里，谁要就这么把歌卖了，我林南一就当从来不认识他。你们要做决定，我不拦，但我也有我的决定，公平点，投票表决，我说，不卖。"

"我说卖。"怪兽直视着我，斩钉截铁。

我们一起看张沐尔，他狠狠地用脚尖来回碾着丢在地上的烟头，碾了很久，才沙哑着喉咙开了腔："我同意阿南，不卖。"

"沐尔你有病啊！"图图急得喊出来，"那你不要钱回家盖房了？"

"你怎么知道我要盖房？"张沐尔恶狠狠地瞪着怪兽，"有些人要管牢自己的嘴！"

"那么现在还剩一票，"我打断他，同时故意不看图图，"如果是平局，那就听天由命，抽签决定。"

"林南一，你不要针对我。"图图咬着牙说。

"我不是针对你。"我装作平静地说，"就事论事。"

她看了看我，胸脯上下起伏，最终摔门而去。

"鸟人！"怪兽狠狠地骂。

“你骂谁呢？”我冲上去。

“就骂你！”他血红着眼睛瞪着我。

我抡起吉他就砸了过去，张沐尔要过来挡，吉他没有砸到怪兽的头上，它直接掉到了地上，发出惊天动地的声响。

它坏了。

坏就坏，反正我再也不需要它了。

那天我回到家里，图图不在家。我犹豫了一小会儿，打她的电话，她一直都没有接，估计也正在进行痛苦的挣扎，我只好给她发短信：回家吧，我想抱抱你。然后我就困极了，倒在沙发上睡着了。

夜里十二点的时候，我才收到她的回复：我在楼顶。

我吓得一激灵，马上就醒了，抓起电话来就拨她的手机，这回她接了，声音很平静。

“林南一，”她说，“我知道你会打电话来。”

“你在哪里？”我问她。

“楼顶。”

“哪个楼顶？”

“不知道。”她说。

我的声音有些颤抖：“图图，你不要乱来。”

她开始哭起来：“林南一，我想问你，如果有一天，你再也找不到我了，会不会伤心？会不会难过？”

“会会会！”我不顾图图根本看不见，把头点得像小鸡啄米。

“我可能只有去死了。”图图说，“因为你肯定不会原谅我。”

“我根本就没有怪过你。”我说，“有什么事，你回来再说！”

“是吗？”她轻声问，“你没有说谎吗？”

“没有，没有！”我说，“图图，我很累，你不要再折磨我了，好不好？”

那边沉默了几秒钟，那几秒钟对我而言，就像是几个世纪那么长，我不敢大声说话，唯恐她会做出什么无可挽回之事。几个世纪过去后，图图终于说：“林南一，你真的不怪我吗？”

“不。”我已经撑到极限。

“你听好了。”她说，“我已经把那首歌卖掉了。”

后来的事，我再也没有管过，经过图图和怪兽跟唱片公司一来二去的交涉，那首歌最终卖了六万块，图图回家带给我两万现金——这是我们的那一份。

我看也没看：“你自己拿着用。”

图图小心翼翼地问：“你不需要钱买一把新吉他吗？”

我暴躁地喊：“你能不能让我清静点！”

在这件事之前我从来没对她高声说过话，图图颤了一下，一副要跳起来的样子，但她最终什么也没说，拉开门走了出去，然后重重地把门甩上。

她走出去那一刻我就后悔了，生怕她又赌气不肯回来，但是两小时之后她回来了，看上去很疲惫，很委屈，眼睛红红的。我心疼地搂住了她，祈祷这件事赶紧过去，比起我生命中最重要的图图，一首歌其实是多么微不足道。

大约三个月后，我在电视上看到一个普通得不能再普通的小眼睛女人唱着我们那首歌，她的名字后面被冠以“创作才女”的称号。经过新的编排，那首歌变成不伦不类的 R&B 曲风，我听着那个女人在高音处做作地七歪八扭地唱，听着各种器乐一锅乱炖地搭配，连生气的力气都不再有了。

图图有些心虚地转了台，我叹口气说：“她把歌唱坏了，这是你的歌，图图。”

“我们还可以写很多很多的歌。”图图说，“只要我们活着。”

我没好气地说：“难道你认为我养活不了你吗？”

图图斜眼看我说：“可是你连一把像样的吉他都买不起，不是吗？”

这话实在是伤了我的自尊心。我从沙发上站起来，跑到阳台上抽烟，抽完一支烟后我又抽了第二支烟，当我抽到第三支的时候，图图出现在我后面，她哑着嗓子说：“我要去演出了，你送不送我？”

我转头看她。

自从上次争吵以后，“十二夜”已经形同解散，我和图图已经很久都没有一起接触过音乐了。图图已经小有名气，她很容易就能找到新场子唱歌，靠卖嗓子挣的钱都是有限的，那种场合没有体力、精力完全应付不过来。但我不能不让她去唱，这是她的爱好，我没有权利限制她，我对她曾经有过的一次限制已经让我自己后悔不已，如果不是我，出名的兴许就是图图，那个小眼睛女歌星只能靠边站了。

“不送，是吗？”她昂起头，“没关系，我自己去。”

说完这句话，她就骄傲地走了，我没有担心什么，我知道她会回来，她也知道我不喜欢她去跑场。我不得不承认，我跟图图之间，的确是出了些问题，但我想，这只是爱情中一些小小的浪花，与她结婚、生子、终老，这是我的理想，也未必不是图图的理想。

这一点我还是有把握的。

所以，最后那件事的发生对我而言毫无征兆。

那天图图只是去上课。我们习惯性地在门口拥抱告别，听见她踩着高跟鞋叮叮咚咚地下楼，我跑去阳台上，等着看她再次经过我的视线。

她并不知道我的这种注视，也从来不为此停留。

可是那天，经过楼下路边的第三棵树时，她忽然回头。

她远远地看见我，好像有些诧异，然后，她高高地举起双手，示意我回去。

她的那个姿势让我觉得眼熟，可直到傍晚我才想起来，这个姿势，我曾见她用过一次。在我们认识的第一个早晨，在那间快餐店的门口，她也曾这样高高地对我举起双手。

这是一个告别的姿势。

那天，图图走了。

然后，她再也没有回来。

她什么也没带走。她的衣服挂在柜子里，鞋整整齐齐地摆在鞋架上，每一双都刷得很干净。浴室里，她的洗面奶、面霜排得挤挤挨挨，很多都只用了一半。屋子的每一个细节都真切记录着她存在的痕迹，而她就这样不见了。

她的手机就放在枕头下，上面还拴着我送她的粉红色 Hello Kitty 手机链。我每天打三次三十次三百次电话，也只能听到同样的一首彩铃，是她最爱的歌《心动》，林晓培冷色调的声音在怅然地重复："啊，如果不能够永远走在一起……"

我曾经以为，我们可以永远在一起。

在她走后，我曾经重看过《心动》这部电影。浩君把戒指放在水杯里，对小柔说："如果接受，就喝掉它。"

小柔的回答是把戒指捞起来戴在手指上，这是一次拒绝。

再高贵，再温柔，也还是拒绝。

也许，离开就是图图的拒绝，对我的拒绝。

刚开始，我不是没想过，她可能出了意外。

她可能被一个陌生亲戚带离这个城市，也可能被一些其他的事困住。总之以上所有的可能她都来不及通知我，因为，她凑巧没带手机，凑巧而已。

最平庸的可能是她在街的拐角遭遇车祸。

最坏的可能是，那些她曾惹过的流氓又盯上了她，这一次的报复，却不像上次酒吧寻衅那么简单。

是的，我想过所有这些可能。直到我打开她的抽屉，打开她平时装证件和重要票据的小包，发现里面空空如也。那两万块钱也没在，也好，她带走钱，我至少放心些。

我去她的学校找过她。这一次，是直接去的教务处，并出示我的身份证和工作证，告诉人家她是我一个孤儿学生的唯一亲人，她的手机换了号而我有急事跟她联系——总之我必须找到她。

“名字？”教务处管理名单的老太太从老花眼镜的上方看着我，面目和善。

她的真名叫刘思真。这个名字，她并没有刻意告诉我，是我帮她办理小区出入证时，从她身份证上看到的。那时候小区保卫科的人询问我们：“关系？”她笑吟吟地回答“未婚妻”，再看着我，然后一阵大笑，那时候我们真的相信，我们会结婚，会有小孩，会快快乐乐一起过一辈子。

“班级？”老太太取出花名册。

“我不太清楚……只知道是2000级会计。”

她把脸埋进花名册，一行一行看下来，像检查自己手指上的肉刺那么仔细。

然后她摇着头遗憾地对我说：“没有。”

我失望的神情无法掩饰，她一定也看出来了，或许她认为我是好人，在我就要告辞离开的那一刻，她叫住我：“我可以帮你查一查当年所有的学生。”

我谢谢她以后，她就又带着与人为善的快活神情把脸埋进花名册。

“找到了！在这里。”她终于抬起头，给我指着一块指甲盖大小的区域。

上面写着：刘思真，财务管理，二班。

原来她念的是财务管理。

“那么财务二班的教室在哪儿？”我尽量彬彬有礼。

“等等，”老太太的脸上忽然流露出诧异的神情，“你真的要找她？”

“当然。”

“一年前，她就已经退学了。”她把花名册一合，几乎是难过地看着我。

退学了。

那天我独自待在家里，我是说，没有了图图的这间房子，我仍暂时把它称作“家”。然后一个人默默开了很多瓶啤酒。不知道从多少天以前开始，她整理证件，准备后路，消灭自己存在过的痕迹，有计划地一步步从我的生活中退出，而这一切，我却始终毫不知情。

一年前，就退学了？

我到底了解她多少？我们甜甜蜜蜜地生活在一起，实际上，却如两个路人般陌生？

酒喝到差不多的时候我忽然明白了，我正寻找的刘思真，并不是我要寻找的图图。我爱的图图已经死了，或许她用“刘思真”这个名字生活在一个我所不知道的地方，而那已经完全与我无关。

想到这一点我心里就很安定了，甚至还有一点“快乐”地想，既然图图都已经死了，那我还活着做什么，就让我和她一起死了吧，死了吧。

我选择的死法是喝酒把自己喝死。

我没有死成的原因是，在我无故缺课一周，拒听无数次电话之后，张沐尔和怪兽合伙踹开了我的门。

“你怎么还没死？”张沐尔冲进来时第一句话就问。

“快了，快了。”我一边谦逊地回答，一边伸出手去抓酒瓶。

怪兽冷静地把啤酒抢过去：“阿南，你不能再喝了。”

为什么？我嘿嘿笑起来，为什么？我和他抢着啤酒瓶，我敢肯定我虽然有一点点醉但行动仍十分敏捷，力气也狂大，怪兽争不过，一撒手，我握着酒瓶噌噌倒退几步一屁股坐在地上，然后，兜起酒瓶，又往喉咙里一阵猛灌。

“够了！”张沐尔站在屋子中央，石破天惊地大喝了一声，“林南一，你可以现在就去死！”我模模糊糊地看着他，他气势汹汹地冲向我，使劲把我往窗口拖。“为了个女人，你把自己搞成这个样子，啊？你要死就赶紧去，”他使劲把我往窗外推，“你可以直接从这里跳下去，你为什么不跳？”

那一刻我的半个身子探在窗外，有种错觉，好像可以听见轻柔的风声。然后我看见图图曾经走过的小径，图图坐过的长椅，图图曾经荡过的秋千。

我知道我为什么不跳。

我不想活了，可是也不能死。老天知道，哪怕图图回来这件事只有百万分之一的概率，我也必须为此等待。

一年，十年，一辈子。

都没关系。

CHAPTER 4

忽然之间

图图走了。

我用了很长时间来接受这个事实。

那些日子我差不多是无所事事，除了忙学校的事情，乐队的事情我也没参与，张沐尔和怪兽也没来找过我，他们都是好兄弟，知道在这种时候，我更想一个人待着。

怪兽给我打过一个电话，问我是否还愿意参加乐队的排练，他的口气有些犹豫，我知道他其实也很为难，于是我用最爽快的口气回答他:“不，当然不。”

“那好。”他在那边沉默了一阵，好像有些如释重负。

日子过得很慢，然而终究会过去。

季节轮转，见证过图图对我告别的那棵树，先是落叶，后又爆出星星点点的浅绿。它的生命迅速更新，过去不复存在，而我却不能。

因为图图依然杳无音信。

我独自回家，独自吃饭，用游戏打发大把的时间，我的房间角落里堆着无数的外卖饭盒，我的脏衣服都堆在沙发上，直到有天我没有干净衣服可换，就穿回三个礼拜以前穿过的牛仔裤和白T恤。

我只是按照以前的生活惯性把自己拼凑了起来，我会时时刻刻提醒自己记得吃饭记得呼吸，虽然外貌未变，我却已不是以前的林南一。我再也不碰吉他，我的世界里再也没有音乐，没有歌声，如果听到女歌手唱歌，我的心就会慢慢碎掉，碎成一片片，飞到空气里，再也找不到去向，整个人成为一个空壳。

有时候我会想，如果图图从未出现，我的生活会是怎样。还是有怪兽，有张沐尔，我们三个或许会一直摆弄些晦涩的音符，永远不停止地给唱片公司寄小样，永远得不到回复，然后在这样始终遥远但也始终不会消失的盼望中，有了肚腩，慢慢变老，掉了头发，也许到一生中的最后一刻，才猛然惊觉自己未曾爱过。

如果真的是那样，我居然有点欣慰地想，那还是现在这样要好得多。

我一直都没有停止寻找图图，用各种各样的方式，但她始终没有出现过，她消失得如此坚决，每每想起，都令我心如刀绞。

但我还是要去上课。我敏感地察觉到，自己已经不像以前那样受欢迎了。

比如，会有学生在课上递来纸条说：老师，你衬衫扣子扣错了。

哦。我无所谓地把纸条揉作一团，然后扔到一边。

下课时我听见有女学生在走廊里议论："林老师最近怎么了？我看他起码已经十天没刮胡子，快成神农架野人了！"

"失恋了呗！"另一个女生咯咯笑着说，"你们没有闻到他身上有股味吗？难道男人失恋了都是这样吗？我真有点小失望，林老师以前还蛮帅的。"

我懒得理她们。

下午我照例给器乐团的古典吉他小组辅导，带他们练习几个泰雷加的练习曲，练到门德尔松主题的时候我发现一个叫刘姜的女生明显地心不在焉。

"注意控制右手的音色变化。"我提醒她。

她慌张地抬头看了我一眼，哗啦啦翻着面前的乐谱。

"你没有背谱吗？"我有点恼火地问。

她摇摇头。

其实我对刘姜印象不错，因为报名学吉他的女生不少，坚持下来的却并不多。如果我没记错，上次代表学校去省里参赛的学生里就有她。所以我息事宁人地咳嗽了一声，听他们继续弹了几首练习曲之后就宣布下课了。

下了课我赶着回家，走在走廊的时候，听见有人在背后喊我。

"林老师，等一等！"刘姜追了上来。

"什么事？"我有些诧异。

"林老师，我想和你谈一谈，好吗？"这个女生搓着自己的衣角，显得很窘迫。

“没什么，我知道你们最近学习紧张，如果实在忙不过来可以请假。”我和气地说。

“不是，”她很慌张，“不是这个。林老师你最近好像不太开心。”

“哪有。”我故作轻松地耸耸肩。

“哦。”她轻声答道。她年轻的脸庞上干干净净，眼睛里有隐约的泪光。她其实是一个很漂亮的女孩，是好学生的那种漂亮，白衣蓝裙，一双明亮的眼睛。我有些不忍，拍拍她的肩膀说：“马上要考试了，好好学习。”

然后我转身。

她加大一点声音喊道：“林老师，林老师！”

我不回头。我清楚自己表现得冷酷了一点，但是当你要拒绝的时候，不冷酷是不行的。

“林南一，你站住！”她在后面喊，声音大得不像话。

我当然没有站住。

“林南一！”她继续喊着，声音里有种孤注一掷的味道，“林南一，你这个笨蛋！你就这样拒绝别人的关心吗？一个没良心的女人离开你，你就要放弃全世界吗？”

为什么全世界都知道图图离开我了？我觉得有些好笑，因此加速往前走。

我始终没有回头，但是我能听见她细细的抽泣声。

她是真的伤心了，这个孩子。

虽然当时走廊里人不多，但是我相信这一幕很快就会被描述为很多个不同的版本在天中流传。

接下来一周的教工大会我没有参加，但是会议结束以后，校领导找我谈话。我表现得很谦恭，他倒是好像有些理亏似的，先给我倒茶让座，然后语重心长地说："小林啊，再过四个月就要高考了。"

我知道。

"虽然素质教育很重要，但是关键时刻，咱们还是要以升学率为重，升学率是对素质的最好体现嘛！"

我点头。

"所以……"他好像有点不好意思，"校领导决定，暂时停止课外小组的活动。当然，只是暂时停止，并不是解散，有适当的时机……"

"完全理解。"我打断他的话。

我欣赏着他一拳打到棉花上的挫败表情，然后他清了清嗓子又说："其实，有些事情，我们也是没有办法，你一定要理解。"

"理解。"我回答得很干脆。

后来我才知道，刘姜的父母找过校长，他们带去了刘姜的日记，上面写满了对我的仰慕之情。那是一个女生的暗恋。实际上，我私底下连话都没跟她说过几句。但是，从她父母的角度出发，我可以理解这件事情的严重性。

其实，对于校方，我也是理解的。除了图图的离开，世界上所有其他的事我都能理解。学校并不是梦想家培养工厂。学校有它自己的规章制度行事方法。只是现在这一切已经没有必要，我连澄清自己的想法都没有。

第二天，我递上了辞职信。

应该说，天中不愧是闻名遐迩的重点中学，我提出辞职的当天，他们就把应付的一切薪酬都结清给我，甚至包括冬天的取暖费。

打包附赠的当然还有一些客套话："小林啊，其实你是一个很有才华的年轻人，学校对你的成绩也是认可的。能不能不要这么冲动，再好好考虑一下？"

"不用了。"我说，"谢谢。"

然后他们就把盖好章的《解除劳动合同证明》递给我了。

走出学校的那一刻我觉得很轻松，没走出多远，发现身后有人跟着。回头一看，发现是刘姜，她怯怯地问："林老师，你去哪里？"

"回家啊。"我尽量用轻快的口吻说。

"他们说你辞职了。"她的眼泪要掉下来了。

"是。"我说。

"对不起。"她终于哭起来，"我真的没想到事情有这么严重。他们从我包里翻出日记本，我怎么跟他们解释都不听。"

"好了。"我说，"快回学校吧，要是再被人看见，我就算跳进黄河也洗不清了。"

"你如果不回学校教书，我就跳黄河。"刘姜说，"我跟他们说了，我可以退学，但老师你不能辞职。"

"不关你的事。"我说，"我早就想这么做了，你不要乱想，更不能乱来，听到没有？”

她睁着眼睛，似懂非懂地看着我。

我深呼吸了一口气说：“我有更重要的事情要去做。”

“是去找你的女朋友吗？”她问。

看来知道我的事情的人还真是不少，我点点头说：“算是吧。”

“祝林老师如愿。”刘姜说，“你会不会换电话号码？”

“不会。”我说。

“那我给你发短信，你会回吗？”

“不会。”我说。

她绝望地看着我，然后蹲下，继而放声大哭。

我转身就走，哭就让她哭吧，现在痛苦，好过一直痛苦。

小孩子哪里懂得什么感情不感情的，转眼之间，便会忘得一干二净。

可我已经成年，我只爱过一个女人，我无法忘掉她，无法接受她已经从我身边硬生生抽离的事实。我该怎么办？怎么才能独自撑过这失恋失业失意的日日夜夜？

我并没有回家，那个家里处处都有图图的气息。我怀里揣着新发的三千多块钱，开始思考去哪里把它们尽快花掉。我走进一间酒吧，点了啤酒、白酒、红酒，然后坐在角落里开始自斟自饮。我原以为我会很快喝醉，然后我就可以想起来一些事，解释图图何以对我如此绝情，但是我从黄昏喝到夜里，脑子却一直清醒得吓人。

邪门。

那群流氓找上我的时候，我正要打开第三瓶芝华士。

他们大概用了半分钟，吵吵嚷嚷地确认了下是不是我，然后，那个被图图泼过一脑袋香槟的矮胖子就出现了。

“嘿，兄弟，”他得意扬扬，“又见面喽。”

这样一个大男人，说话的时候喽来喽去，实在让我有点难受。所以我没理他，他只好独自表演：“上次你打伤我兄弟，我就不追究了。”

真是宽宏大量啊，我在心里一笑。

“可是，你女朋友欠我的那些钱，你是不是应该代她还呢？”

“多少？”我问。

“本钱加利息，你就给五千块，利息是按照最低的那一档给你算的喽！”

他又“喽”！我忍住要吐的冲动，礼貌地告诉他：“没有。”

“是没有呢，还是不肯给？”他按住我的肩膀，故作亲密地问。

我发誓，那天晚上我其实从头到尾都很冷静。我冷静得连自己都有些伤感，我的脑子里甚至飞快地掠过《甜蜜蜜》里黑社会老大被一群纽约街头混混随随便便干掉的镜头，那是一个很好看的电影，我心想，其实那样也不错。

于是我冷静地微笑了一下：“不肯给。”

他有点不敢置信：“我再和你确认一次喽，给，还是不给？”

我摇摇头说：“不给。”

他做了一个手势。

然后，那些小混混就围了上来，拳头不断落在我身上。我想起图图说过:“其实他们也只是来点虚的。”老天，我甚至有点遗憾地想，我早该知道他们是没胆量杀人的，真可惜。

她就是在这个时候出现的。

我不知道，她好像是一直就在那里，和我之前那样看戏，还是刚刚路过，就毫无理由地投身这场混乱。

她甚至一句话也没说，就亮出了她的水果刀。

我躺在地上，无能为力地笑，原来这个世界上，还有和我一样不想活的人。

我知道她不想活了，水果刀被一个小混混抢去以后，她居然不顾一切地去抢夺，那个没种的流氓反手一下把刀插向她胸口，她缓缓倒下，像棵被连根拔起的向日葵。

很奇怪，明明不可能，但那一刻我看到她的眼睛里面有很清澈的失望，对整个世界的失望。我不知道她是否也一样看到我，总之那一刻，我们心有灵犀，有缘相遇。

她倒下以后，时间有片刻静止。

然后那帮小混混里有人喊了一嗓子:“死人啦!”

接下来所有人惊恐万分，两秒钟后，神奇地消失得彻彻底底。

酒吧老板是个呼哧呼哧喘的胖子，这当儿才有胆子跑过来。

“兄弟,”他心虚地拍拍我的肩,“今晚的事情，我不会乱说，但你得赶紧给我处理好，你看现在这个样子，我以后还怎么做生意……”说这番话的时候，他好像就要哭起来似的，又紧张又委屈。

我抱起她，连声问“你有事没有”，她不回答我，好像竟然还在笑，那笑让我不寒而栗。

我手忙脚乱地从地上捡起手机，给张沐尔打电话。运气好得很，这小子正好值班，要不，大半夜地扛个受伤的小姑娘去医院，不被报警至少也得费上半天口舌。

我再蹲下去拉她，她已经昏过去了，毕竟是小姑娘，我一眼就看出刀伤不深，她有一半是被吓的。

我问老板要了些纱布，给她做了简单包扎，然后一狠心，拔出了那把肇事的水果刀。

她的伤口像一朵红色的大丽花，我猜，她是很痛很痛的。我轻轻一提就把这个姑娘拎了起来，她简直轻得像一片羽毛，迷迷糊糊的，我有种奇怪的感觉，是因为图图走了这个姑娘才会出现在我的生命里，她的来临仿佛是一种预兆——什么预兆呢？

我想我真是见鬼了。

我抱着她出门，刚要上出租车的时候老板慌慌张张地追出来，把刀往我怀里一塞，让我把这倒霉的凶器带走。

就这样，我把她送到了张沐尔那儿，我想得很简单。她伤得反正不重，包扎一下上个药，在医院里躺几天，费用我全出。等她醒过来就可以通知她爹妈来认领了，像这样的问题少女，估计属于姥姥不疼舅舅不爱的那种，我最多再塞点补偿金和平私了，就一切 OK。

张沐尔骂骂咧咧的，怪我搅了他的好梦。校医院白天人就不多，晚上就更没人来了，而且这死胖子嗜睡如命。

而现在，他必须打开外科诊室的门，为了一个故意惹祸的小姑娘，亮出起码六个月没动用过的缝针手艺。

其实，他手艺不错。

我、张沐尔、怪兽，我们只是对这个世界的其他事情抱着无可无不可的态度，在谋生技能方面，并不输于任何人。

张沐尔给她打了麻药，缝了针，我们合计了一下，还是把她运到我家。以胆小著称的张沐尔危言耸听地警告我，我捡回了一个大麻烦。

“为什么？”

“你看看她这全身上下，哪一样不是名牌？一看就知道是富家女离家出走，你有把握搞得定一个爱女如命的暴发户吗？”

“哼哼。”

“别哼哼了，告诉你，别惹麻烦，等她醒了，赶紧盘问出她爹妈的电话，早送走早解脱，出了事别怪兄弟没提醒你啊！”

话是这么说，张沐尔并没有扔下我不管。他甚至帮我收拾了我乱糟糟的床铺，搞得稍微适合人类居住了一些后，我们才把这个来历不明的小姑娘放了上去。

她伤得并不重，那群小混混捅人也不专业，刀从左胸插进去，斜斜地穿过腋下，很恐怖的流血，却并无大碍。

我看着她，她躺在图图曾经躺过的小床上，闭着眼睛，很有型的瓜子脸，皮肤吹弹可破，长长的睫毛像是蓝色的。张沐尔的眼光没错，她穿一身Esprit的运动装，Adidas的运动凉鞋，细弱的手腕上戴着一只宽宽的藏银手镯——也就这手镯可能是便宜货。

我不确定这个从天而降的神秘来客是不是睡着了，我同时极没良心地猜测她究竟是故意找死还是真的想救我。我唯一能确定的是，今天我一定要问出她是谁，然后，送她离开。

我该怎么把她送走？

她有一个双肩包，张沐尔在里面一通乱翻。“找到了！”他如释重负地喊道。

他递给我一只手机，意思很明白。我可以从这里面找出她的父母、亲戚、朋友或者任何可能认识她的人的号码，然后打电话，把这个麻烦彻底解决。

手机关着，这是诺基亚的最新款，价格不菲，我按了开机键，跳出来的屏保看上去像个网站的首页，全黑的背景下有一座小小的金色的城堡。很特别，有种让人不安的美。

看来，这是个很小资的女生。

但是，等等，手机没有信号。

虽然我脑子有点糊涂，但身手还是很矫健，拿着手机高举过头顶，再跳了三下，该死的诺基亚依然如故。

我掏出自己笨重的古董爱立信，信号指示满满地亮着五格。

等等，等等。

我拍了拍脑袋，打开这只华而不实手机的后盖。

插 SIM 卡的地方空着。

居然空着！

“张沐尔，她的手机里面是空的！”我绝望地喊。

张沐尔貌似也吓得不轻。我们跪在地上在一个小女孩的双肩包里焦头烂额地寻找 SIM 卡的样子，一定很滑稽。

这时候，她醒了。

她好像没意识到自己受伤，静悄悄走到我们两个面前，就那样安安静静坦坦荡荡地看着我们，冷漠得让我们心惊。

“别翻了，你们翻也没用。”她的声音虽小，但是很清楚。从一个乐手的角度出发，她有很好的嗓音，清亮而有韧性，说起话来，底气十足。

“你知道我们在翻什么？”我故意问她。

她皱眉，仿佛在竭力回忆着什么事：“那个啊，我已经把它取出来烧掉了。”

“你是谁？”我问她，“叫什么？”

她皱着眉头，做出一副努力思索的样子。

我心里的不安迅速地像潮水一样泛上来。

“这是哪里？”她问我。

“我家。”我说。

“我没死？”她又问。

“当然。”我说，“很幸运，差不多只相当于皮外伤。”

她捂着左边的身子，说：“可是我痛。”

那是肯定的。

然后她很坚决地问我说：“有咖啡吗？最好不要加糖。”说完，她坐到我家唯一的沙发上，我跑到厨房给她冲咖啡，端出来后她吸吸鼻子说：“不好意思，我只喝雀巢。”

我说：“没有。”

她说:“去买。”

张沐尔在一边幸灾乐祸。

我又变成一个大脑短路的人，走在去超市的路上才真正相信张沐尔的话，我惹上了一个多么大的麻烦——一个离家出走，蓄意和所有人割断联系的女孩。她就在我面前，摆出一副决绝的架势。

她看上去年纪很小，十六？十七？反正最多不会超过十八，可是她的眼睛里有沧桑感。我在揣测她的身世，她离家的原因，她如此决绝的原因，她奋不顾身搅进一个陌生人的麻烦的原因。

我买了一大堆的东西，甚至买了她的日用品，一路猜测着回了家，想给她泡咖啡，她却说:“我很渴，想喝水。我讨厌咖啡，我没有告诉过你吗？”

“你不可以喝太多水。”张沐尔出于对我的同情开了腔。

她不理我们，自顾自找到饮水机。她的行动像个公主似的坚决和笃定，一杯，再一杯。

而我竟然没有阻拦她，注定会为此后悔不已。

当天晚上，她发起高烧。我一夜没睡，守在她床边，听她辗转反侧地满口胡话。

她叫“爸爸”，却从来不叫“妈妈”。看来是单亲家庭女孩。

但等她高烧稍退，我问她家庭状况，她却一句话也不肯说。过了很久才回答我:“你见过孤儿吗？”

我说:“没有。”

她指着她自己说:“就是没有爸爸，也没有妈妈的那种。”

我不相信孤儿能穿一身让白领羡慕的Esprit，更不相信孤儿出门，包里能携带超过五千块的现金。

又是孤儿，怎么这个世界这么流行孤儿呢？或者说，这个世界的漂亮孤儿都喜欢以奇特的方式进入林南一的生活吗？

瞧，我还有点可怜的幽默感。

张沐尔一直不喜欢她，不过我们好像已经骑虎难下了。她发高烧时，张沐尔带药带针来我家给她治疗，我开玩笑，说他已经是我的家庭医生了。

“家庭医生”这四个字居然刺激得她从床上直愣愣坐起来，用一种陌生的眼神看了我们良久，半晌，好像放心似的躺下，继续她的迷梦。

张沐尔问：“你何时可以把这个烫手山芋丢出去？”

“至少等她退烧之后吧。”天晓得，我怎么会这么回答。

张沐尔果然跳起来。“至少？”他点着我的鼻子问，“至少？你小子到底安的什么心？”

他没说下面的话，但朋友这么多年，他一个眼色我就知道他要说的话。

他的潜台词是：老兄，你是不是看上这个未成年少女了？

嘀，我还有爱的能力吗？

张沐尔同学真是高看了我。

我把张沐尔赶出门后坐下来。看着这个不知道是真睡着还是假睡着的女孩，我开始把玩她那把惹事的刀，这是一把很锋利的水果刀，看上去像进口货。看得出她的家人很注重生活质量，一把水果刀也如此讲究。真讽刺，我一边玩一边想，如果是把普通的水果刀，那些小混混未必能用它捅破任何东西，看来有时候，讲究真是要人命。

她终于睁开眼，然后坐起身来。坐在离我很远的角落，她可以那样坐一整天，饿了就自己找东西吃，累了躺我床上就睡，在一个凌乱的单身汉世界里，她居然生活得简单自如。我们之间甚至不需要语言，只用手势就可说明一切。

但是今天，她终于开口，她说："还给我。"

我笑："大侠，请问这是你的独门武器吗？"

她不理睬我的挑衅，继续扮演默片角色，我好没趣地又玩了一阵，还是把它收了起来，这东西，还是放在我这里安全些。

她没有再强求，只是肯定地说："你迟早要还我。"

那是当然。

我说："喂，你应该告诉我你叫什么，从哪里来，我要送你回去。"

她视我不存在，转身从冰箱里给自己取了杯冰水，咕嘟咕嘟喝下。

"喝这么冷的水对伤口愈合不好。"我忍不住提醒她，"你的烧也刚刚退，要注意。"

她不为所动地看了我一眼，然后又倒了一杯。

至此我可以确定她有自虐倾向，不过我也不是总是那么好脾气，我一劈手就把她手里的杯子夺下，并呵斥道："女孩子要听话！"

她面无表情地看了我一眼，我不懂她在想什么，我只是直觉她有深不可测的心事，深得让人恐惧。

恐惧归恐惧，我林南一到底不是吃素的。

我打开冰箱门，把里面贮着的一大壶冰水拿到卫生间咕咚咕咚倒掉，走回来，拍拍手，得意地看着她。

我的举动让她有点迷惑，她微微地眯起眼睛看我。

“你把水倒掉有什么用呢？”她终于又不紧不慢地开口，“你能二十四小时守住我吗？你不在的时候我还是可以喝冰水，想喝多少喝多少。”

她原来是可以一口气说长句子的。

我放心了，对着她甜蜜地笑：“至少今晚你没得喝。至于明天，哼哼，你在不在这里，还很难说。”

“那么我会在哪里？”她故意装傻地问我。

“派出所。”

“你要送我去派出所吗？”她问。

“嗯。”我简短地答道。

她不说话，眼睛一闪一闪，我知道她在想对策。

任凭她想破脑袋也没用，我早就应该采取行动，甚至在她受伤的当晚就该这么做了。

上帝保佑，第二天一早，阳光明媚。

我从客厅的沙发上爬起来，推门进了卧室，给她拉开百叶窗。

她一下就醒了，醒了就抱着被子迅速地靠床而坐，摆出一副戒备的姿态。

我拉了把椅子在她身边坐下，借着阳光细细打量她。说良心话，她是一个相当漂亮的姑娘，张沐尔对我的怀疑，也有他的道理。我抱着纯欣赏的态度看她，她终于不好意思了，脖子一拧，牵动了伤口，疼得龇牙咧嘴。

“为什么离家出走？”我问她。

“没有家。”

“不管怎么说，”我拖住她没受伤的胳膊把她拉下床，“你马上给我起来，刷牙洗脸，然后我们就出门，早饭你可以在派出所里解决，他们伙食应该不错。”

“我不去。”她坚持。

“由不得你。”

“你别逼我。”

“嘿——”我诧异，“凭什么？”

“凭这个！”她忽然猛地扑向我的床，从枕头底下摸到什么东西——是那把水果刀，她用它对准自己的手腕，“物归原主吗？不如同归于尽！”

“我想你搞错了。”我冷冷地说，“我和你非亲非故，你这套对我没用。如果你真的不怕疼就割，我有把握在你死以前夺下刀子。”我看她怔住，干脆再趁热打铁加上一句：“至于在那之前你喜欢在自己身上割多少刀，随你的便。”

我想我必须好好给她上一课，向来自杀戏只会吓到关心你的人，对于其他人，只会是一出闹剧。

我的话似乎太过冷酷，也可能是让她想起了什么，她脸色灰白，唇齿咯咯打战。

我还等什么，一个箭步上去就缴了她的械。

她跌坐在地，眼泪又涌出来，神情充满绝望。她的哭法和图图完全不同，图图是山洪暴发型，她是冷静吓人型。但不管什么型，女孩哭起来我就没辙，我把刀子扔到墙角后，伸手去拉她。她甩开我的手，把脸深深地埋在膝盖里，像是要把自己团起来。

“你别哭！”我只会这么一句劝慰的话，我自己也知道不管用。

“你不肯帮我。”她呜咽。

我叹口气，然后在她身边坐下，尽量和气地问，“为什么不肯回家？”

“我真的没有家。”她答。

“如果你不跟我说实话，我为什么要帮你？”

她终于抬起头，直视我的眼睛，那一刻她神情诚恳，让人无法怀疑。

我听着她一字一句地说：“如果，你活了十几年，除了伤害自己和别人，从没做过任何有益的事；如果，你的存在只是令其他人疲惫不堪；如果，你走了之后，你爱的人就可以活得轻松、自由、快乐，那你，还会不会选择留在那个让你伤痕累累的地方？”

我怔住。

我的学生应该都和她一般大，但她和他们是完完全全不同的，这不像一个孩子说出来的话，一个孩子怎么会这样斩钉截铁毫不留情地彻底否认自己存在的价值？

假若有一天，我以同样的问题去问图图，她会不会给我同样让人心碎的回答？

“我真的是孤儿，如果你不信可以到S市孤儿院查证。我没有骗你。”见我犹豫，她又慌张地加上这么一句。

我不出声。

“喂，”她轻轻碰我肩膀，“你答应帮我了？喂，你怎么不说话？喂，你怎么了？你哭了？”

我最终没把她送去派出所，我自己也知道这个决定很荒谬。我给自己的理由是她毕竟曾经“救”过我，那晚她要是不出现，我没准会被那帮小混混揍成内伤。

我荒谬地想，或者这是图图整了容，来逗我玩？

这种想法实在是让我想狠狠抽自己一耳光。

但是，我留下了她。

晚饭我叫了外卖，三菜一汤。看得出她对我的生活水准不以为意。

我给自己开了一瓶啤酒，给她端上一碗汤。她看我一眼，连谢谢也没有说一句，拿起勺子大喝，吃相非常不淑女。

我也是一时高兴，问她：“林涣之是不是你男朋友？”

那是她在梦里唤过的名字。

她却忽然暴躁起来，啪地一甩，把我好不容易熬好的瘦肉粥打翻在地。

桌边铺的地毯是去年我过生日时图图买给我的礼物，被一盆粥糟蹋成这样，我气得指着门口对她吼：“你给我滚！”

她真的起身了，她的身体并没有恢复，走得磕磕绊绊。她的名牌衣服套在身上，有种非常落拓的感觉，一个不超过十八岁的女孩子居然给人这样的感觉，我忽然感到心酸。

但我克制着自己的心酸，看着她找到自己的双肩包，拉开门走出去。

我对自己说，十分钟，她会回来。

但她没有。

我的耳朵在黑夜里格外灵敏，听得见她的脚步声绕着楼梯一圈一圈转下去，缓慢却没有丝毫迟疑。她一定是倔强到极点，才会宁可慢慢消失在深深的黑夜里，而不向任何人乞求怜悯。

我对自己说，再等十五分钟，她会回来，因为她完全无处可去。

但还没有等到十分钟我已经撑不住了，拉开门跑出去。小区门口就是岔路，我思考了一秒钟，决定右拐。

看过一篇文章谈到追踪，上面说，大凡毫无目的的逃亡者，他们遇到岔路，一般会下意识地右拐。

右拐了两个路口我就追到她了，空旷寂寞的马路，只有路灯亮着，她纤细的身形被路灯拉得更细更长。我追上去，她听见我的脚步声，回头看了我一眼。天哪，我从来没在一个孩子眼中看到过那样的目光，像一个黑洞一样充满绝望和疼痛。

然后她开始猛跑，用力摆动着两只胳膊。

“你不要命了！”我追上她。

“关你什么事？”她的大眼睛冷冷地瞪着我，像冬天里的湖。

她说得对，关我什么事，我们只是陌生人。

我泄气，松开她。她哼一声，继续往前走。

“你到哪去？”我喊道。

她停住。

一辆车从她身边飞速开过，她受惊似的战栗了一下。然后我看见她在黑夜中慢慢蹲下身，抱着肩膀，瑟瑟发抖。

不用看我也知道她哭了。

图图哭起来也是这样子，蜷成一团像个孩子，泪珠挂满脸。我去扶她的时候，她会把眼泪鼻涕通通擦在我衣服上，像只邋遢的流浪猫。

哦，图图，我的心忽然因为疼痛变得柔软。

我去拉她，就像她受伤的那晚，很容易我就把她拉了起来，她年轻的身体挨着我，发梢扫过我的脖颈。我拍着她的背，她哽咽得不像话，我几乎担心她因为一口气接不上来再次昏过去。

“好了，好了，告诉我到底发生了什么事？你为什么要离开？”我喃喃问着，不晓得在问谁。

她用力摇头，挣脱我的怀抱。那一刻我才醒悟，提问是很多余的，何必问那么多，我们每个人都有一个黑暗的过去。

上帝安排我们相遇，于是我们只能相遇。

那天晚上，我知道了她的名字，她叫七七。她跟我说，是一二三四五六七的七。

好吧，七七。

我想我需要一些时间去好好了解她，这个谜一样的女孩。这样，至少在等待她痊愈的这段时间里，我们会相处得更加平静。

当然，我还是要把她送回家，她是个孩子，孩子们总会想要回家，这是一定的。

CHAPTER 5

一二三四五六七

有时候命运的确讽刺，它拿走一些，又会回赠给你一些，虽然它后来给的，并不一定是你想要的，你却不得不接受。

失去图图以后，我并没有妄想过有任何东西、任何人来弥补我的损失，但是老天不由分说地把一个离家出走的女孩塞给我，我简直措手不及，还没来得及拒绝就木已成舟。

而且这个七七实在是个难缠的角色，我敢说，她只要使出三分功力，就能在第七届“全球最难搞小孩”评选活动中，技压群芳，荣登榜首。

我再次把她捡回家之后，我们多少算熟了一些，我可以和她说话，但除了告诉我她叫七七之外，她不回答我任何问题。

比如我问：“七七，你姓什么？”

她眼睛看天当作没听见。

我又耐心地问：“那你想不想知道我姓什么？”

“不想。”她回答。

“好吧，”我没办法，“那你至少要做一件你不想的事。我姓林，你今后可以叫我林叔叔。”

“你姓林？你叫什么？”她终于有了点兴趣似的。

“林南一。”我说。

“难医？”她耸耸肩，“你得了什么病吗？”

我真想跳楼。我想起一杯豆浆的典故，忍着心痛很认真地纠正她：“是南一，南方的南，一二三四五六七的一。”

她看了我半天，最后说：“其实你不用跟我套近乎，是你救了我，不是吗？”

对啊，谢谢提醒。

我站起身来，准备慰劳一下我这个大好人，到厨房里给自己泡杯茶喝。门铃就是在这时候响的，来敲门的人是怪兽，他像个特工一样猫着身子冲进了我的房间，两眼盯着坐在沙发上的七七看了半天，转头问我：“原来张沐尔没撒谎啊。”

“别乱讲！”我呵斥他。

“林南一。”怪兽把一根手指头弯起来，恶狠狠地对着我说，“你就是为这个小妞把图图气走的？你小子原来是这种喜新厌旧的人？”

“我警告你别乱讲！”

人格被侮辱，想不急也不行！

“我告诉你，那首歌不是图图卖的，是我决定卖掉的。跟她没有任何关系！”

“那就是你跟她有关系喽？”我口不择言。

怪兽一拳头就揍到了我的脸上。我的鼻子开始流血，捂着它踉跄退到沙发前，七七从茶几上的纸巾盒里连抽三张面巾纸给我，果然是见过世面的人，遇到暴力连叫都不叫一声。

“我要是你，我就去死！”怪兽从牙缝里挤出这句话，再从口袋里掏出一包东西来扔到地上后，便扬长而去。

血还在流，那三张小纸简直起不了任何作用，我起身到洗手间去清理自己，她站到门边来问我：“我给你带来麻烦了，是吗？放心，明天天亮我就走。”

我做个手势表达不关她的事。

她仿佛在自言自语：“我总给别人带来麻烦。”

我越过她走到客厅里，捡起怪兽留下来的那个纸包，里面包的，竟是两万块钱。应该是图图上次卖歌的钱，原来她一直把它留在怪兽那里，原来她走的时候，并没有带走什么，那么，她靠什么在生存？

我的心粗暴地疼起来。

我一把把那两万块钱扔出老远，钞票瞬间散落，场面煞是壮观。

过了好一会儿，七七替我把钱从地上捡起来，一把扔到我的破茶几上，教训我说：“收好吧，白痴才跟钱过不去！”

她说对了，我就是白痴。

我是这个世界上顶级的白痴，所以才会在不知不觉中弄丢自己最心爱的人。

那晚七七比我睡得早，估计她已经在房间里睡着了之后，我开始在沙发上抽烟、喝酒。我也不知道自己到底喝了多少，然后我就醉了。我看到图图朝我走过来，她好像把头发留长了，她对我说:“林南一，你真的是爱我的吗？”

“爱爱爱。”我搂住她，眼泪流下来，“图图，我想你，你别走。”

她给我端来热水，替我洗了脸，温热的水让我很舒服，我反反复复地说:“图图你别走，你别走，你别走……”

“好。”她像以前那么乖地回答，“我不走。”

我放心了，握着她的手终于慢慢睡着。

醒来的时候看到七七，她坐在窗前，头也不回地问我:“你是不是被你女朋友抛弃了？”

这真是一个我不愿意面对的话题。

“算是吧。”我说。

“你很想找到她吗？”

我伸伸胳膊，打个哈欠，老实巴交地说:“是。”

“那我陪你去找吧。”七七说，“林南一，我替你去把你那个图图找回来。”

我被吓一跳，一下子清醒了:“等等，你怎么知道她叫图图？”

“嘿！”她终于回头，朝我调皮地一笑，“你当我傻子啊。”

她的笑容居然让我有点开心，于是支起身子，打起精神问她:“怎么找？”

她答非所问:“只要你全力配合，我一定能把她找到。”

“怎么配合？”我问。

“你要回答我提出的所有问题。”她皱皱小鼻子，严肃地说。

我点头，死马当作活马医也是好的。

“第一，她走了多久了？”

“十个月零十九天。”我不假思索地回答她。

她吐吐舌头：“有点久。”

她提出第二个问题：“她是不是真的很爱你？”

这个问题让我有一秒钟踟蹰，末了还是回答：“是的，我想是。”

还好她没质疑我这个答案的真实性，接着问下一个：“那她有没有其他喜欢的人？她离开这里，最可能去的是哪里？”

如果我知道，还要你干吗！我做出一个“洗洗睡吧”的表情，七七看后的反应是失望：“难怪你找不到她。”

“怎么说？”我忍着气。

“因为一个人不可能找不到另外一个人，除非他瞎了眼睛。”她忽然转了话题，“你知道她一个人在家常常干什么吗？”

“不知道。”我说。

“你来好好看看。”七七站起身来，拉开放在客厅旁边的旧柜子的抽屉，我凑近了看，我的天，一抽屉的幸运星！我怎么从来都没有发现过？

七七抓起一大把，彩色的幸运星从她手掌心一粒粒掉落，然后说：“你知道吗，林南一，只有寂寞得不得了的人才会重复做这种单调的事情。”

我只觉得晕眩，图图寂寞，是吗？我怎么从来都没有感觉到？

七七继续问：“你知道她失眠吗？”

我再摇摇头。

“她经常失眠，睡不着，夜晚睡不着就抽烟。”

我拍案：“你怎么知道这些？”

她笑着说：“你的床头柜上有安定，床底下有柔和七星的烟头，你从不抽柔和七星，不是吗？”

她继续问：“你记得她的生日吗？你知道她用什么牌子的护肤品穿什么牌子的内衣吗？你知不知道她害怕蟑螂喜欢听梁静茹的歌？你知不知道……”

“行了，行了！”我打断她，“你这么有能耐，你告诉我她在哪里！”

“我不知道。”她说，“但如果我是她，我绝对不会回来。因为我绝不会去爱一个没心没肺的男人！”

我掩面，只想找个地洞钻下去。

“不过，我告诉你一个秘密。”她打我一巴掌又给我一颗枣吃，小声说，“其实那些失踪的人，除非是被仇家追杀，他们心底里还是希望自己被找到的。”这个说不上什么秘密的小秘密像小火苗一样在她眼睛里闪啊闪，她毕竟还是个孩子呢，想到自己被一个孩子牵着鼻子哄得溜溜转，我就忍不住想笑。

“你笑什么？”她有点不悦。

“我想你应该不会再自杀了。”我努力保持严肃。

“看在你我的缘分上，我去帮你把你女朋友找回来，然后我再自杀也不迟。”

“要是找不回来呢，你就一直赖在我这儿？”

她笑着说：“你怕？”

我怕什么！

“带我吃早饭，”七七说，“快点。”

“为什么？”

“想找到你女朋友就别问为什么！”

这算是什么鬼理由！我也不知道我为什么会相信这个姑娘，但是我居然就按照她的意思完全照办了。我们收拾好出了门，她没有衣服可以换，我思考着是不是应该去给她买件衣服什么的。

清晨的阳光让人觉得生命稍有了些生机，我们一起去找七七指定的早餐地点“米奇西饼屋”。不说话的她显得有些微的抑郁，她并不是一个快乐的孩子，但是有活力。我见过太多重点中学里死气沉沉的乖孩子，相比之下，七七让我愉快得多。

“林南一，也许我早就应该出门旅行的。”她忽然好像若有所思一样。

“嗯。”我说，“待会吃完饭我给你买两件衣服。”

“凭什么？”她问我。

“还凭什么？”我说，“凭你莫名其妙闯进我的生活呗。”

“不用你买衣服。”她说，“这些事情我自己搞定。”

我们这里穷乡僻壤，米奇西饼店只有一家，就在酒吧一条街的路口。她进去坐下，轻车熟路地点了一份意大利菜汤、一份培根煎蛋，外加一份烤吐司，生活方式真是小资得可以。

“你吃什么？”她问我。

“有豆浆吗？”我问。

“老土。”她哼哼着说。

我已经很久不喝豆浆了，我想念豆浆，既然没有豆浆喝，那就抽烟好了。我掏出口袋里的烟，七七看见了便伸手：“我也要。”

“对不起，”服务员走过来说，“这里禁止吸烟。”

我做个抱歉手势想把烟灭掉，她却劈手夺过去：“凭什么？”

“会影响到其他顾客。”服务员彬彬有礼。

她大大咧咧地环顾一眼四周：“这里还有其他顾客吗？”

说来也邪门，那个早晨，不知道是日子不好还是时辰不对，偌大的店堂除了我们俩果然空荡荡的。见服务员有些尴尬，我忙解围：“小孩子不学好！不准抽烟！”

她无动于衷：“给我打火机。”我不理她她就威胁服务员：“给我！不给投诉你！”

“有人来了！”服务员像找到救兵似的。

我回头看，门口空空荡荡，哪来的人？

服务员委屈地说：“真有人！”她赌咒发誓似的说，“一个女的，穿条蓝裙子，我以为她要进来，结果她一转身，就没影了！”

“你把人家都吓得精神错乱了！”我吼七七，“给我！”

“给你就给你，”她出人意料地把香烟扔给我，“你以为我真想抽？我就是不喜欢别人这不许那不许的。”

她的逻辑让我哑口无言。

早饭还没端上来，我就接到张沐尔的电话，他还没说话我先跟他喊过去："你小子干吗跟怪兽嚼舌头？七七是怎么回事你又不是不知道！"

"不是我说的！"张沐尔恨不得指天发誓，"我不是那么说的！我就说你家里住着个女的，他自己就那么理解了！"

张沐尔有些兴奋地说："你今晚有空吗？咱们一起去怪兽的酒吧玩，不是我吹，那地方真不错！"

"那你给他带个话，他昨天晚上给我的东西，晚上我给他带去。"我对张沐尔说，"让那小子以后在我面前不要怪里怪气的，不然我从此不踏入他酒吧半步。"

"知道你有个性。"张沐尔说，"知道你们都有个性，全是我的错，行了吧，请你们都不要再计较，我们重组乐队，OK？"

"不可能了。"我说。

"为什么？"他在那边喊。

"你自己想想吧。"我说完，挂了电话。发现七七正叼着根牙签看着窗外，那漫不经心的眼神让我再次想起图图，禁不住心狂跳。

服务员终于把七七点的早餐端来。她风卷残云般消灭了所有食物，我从来没见过一个小孩吃东西吃得那么多那么快。吃完她嘴一抹对我说："林南一我们走。"神情像是我老大。

我居然没出息地乖乖地跟着她走出了西饼店。

不知为何，和她走在一起我觉得轻松。我们素不相识，没有盘根错节的过去，没有共同的伤心要分享，也不用对某个名字小心翼翼。我们到了一家银行门口，她掏出一张卡来，往取款机里一塞，取了好几千块钱出来。我问她："你取那么多钱干吗？"她答："给你，反正我下半辈子衣食住行都要你负责，我留那么多钱干吗？"

"我什么时候说过我负责？"

她惊讶地看了我一眼："我帮你找女朋友，难道是免费的吗？"

"谁说了下半辈子？"

"你放心，"她满不在乎地说，"我是活不了多久的。"

"为什么？"我诧异。

"我有病。"

"瞎说，什么病？"

"神经病！"她恶狠狠地看着我。

我能说什么呢，只能说除去这些奇谈怪论，她仍算得上一个有趣的孩子。我们往回家的方向走，忽然我想起一件事："还要带你去买衣服呢。"

"算了，算了。"她居然有点不好意思。我想她大概是还没有和男生一起买衣服的经验，于是刺激她："看你这样，没有男朋友吧？"

"当然有，只不过我把他甩了。"她斜眼看着我，"甩和被甩，这就是我和你最大的不同。"

我彻底无语，看来任何想和这丫头片子斗嘴的尝试都会是自取其辱。我只能把她拖进一家路边小店。

"委屈你了，"我说，"就在这将就一下，名牌我买不起。"

这次她认真地看了看我："怎么，你认为我对衣服要求很高吗？”

我不说话，只要看看她那一身上下，答案便会一目了然。

“你错了，”她忽然情绪低落，“不过我跟你说你也不明白，我得到的都不是我想要的。”

“那你想要什么？”

“我只知道我不要什么。”她低下头，“就像买衣服，我只有一个经验，就是她买什么，我偏不穿什么。”

“他是谁？”我很敏感。

“一个喜欢管闲事的女人。”她回答得滴水不漏。

“今天你可以自己挑衣服，”我说，“反正我对衣服一窍不通。”

“那当然，”她笑起来，“林南一，你休想管我。”

她的语气很严肃，好像我愿意管她似的。可是我也忍不住笑了。很久以后我才意识到，那是图图离开以后，我第一次从内心流露出笑意。我看着七七在一排一排的衣服架子中间皱着眉头转来转去，她是一个平衡感巨差的小孩，经常会撞到架子上，然后看也不看继续走，我想她的伤口还是会有一点疼，但她完全不以为意。

“林南一你待着干吗？”她喊，“男生怎么可以不帮女生拿东西？”

我看了她一眼，惊得差一点跌倒。她的胳膊上已经搭了不下五条各种颜色的裤子，上衣长的短的大概有六七件，这些东西重重地压住她，我担心她的伤，只好冲上去接过来。

果然够沉。我瞪着她说：“请问你是在买东西还是打劫？”

“你以为我买不起吗？”她横我一眼便走到柜台前，很酷地指指我手里提的衣服，“那些，我都要。”然后把钱拍在柜台上。

活脱脱一副暴发户的样子，真让人气短。

然后她昂首阔步走进试衣间，我老老实实候在门外，不要提有多窝囊。

不知道过了多久她才出来，短T恤配牛仔，看上去倒挺精神。

“好了，”我说，“可以走了吗？”

她却忽然盯向门外。

“蓝裙子！”她忽然低声说，“林南一，有人跟着我们！”

我紧张兮兮地回头去看，她却一拍手：“好了林南一，你真的这么好骗吗？”

我差点没给她一巴掌，她却气定神闲地在镜子前像其他所有女孩一样“精益求精”地照了半天，问：“你觉得如何？”

我公正地说：“除了那个镯子实在不配，其他还好。”

她有点犹豫地看了看镯子，取下来，又重新套了回去。

然后她立正，对着镜子里的人影郑重地说，“现在，和过去的妖精七七，说声再见吧。”

我发誓，我确实听到她说的是妖精七七。虽然会很愚昧，我还是赶紧看了一眼地上，阳光照着，她的影子淡淡地映在地上，证明她是一个，怎么说呢，真实存在的人。

哦，那么“妖精”是她的外号，或者网名。

如果是网名，那么借助搜索引擎，我就可以知道她过去的命运，然后查IP地址，通过IP查地址，我可以把她送回去。

这是个不错的主意。

可是回到家的时候，我就忘了这个主意，更重要的是，我没交宽带费，网已经被停掉好些天了。那个下午我一直在用DVD看一部很老的片子，是我喜欢的《肖申克的救赎》，七七显然不感兴趣，整个下午她都对着我的电脑在发呆。黄昏的时候我才想起来应该去做饭。我正在厨房里洗菜，等我出来的时候七七已经把人打发走了。

我问:“谁?”

她把一张收条递给我说:“收房租的。”

我一看，赶紧把手擦干净说:“我去拿钱还你。”

“算了吧，林南一。”七七说，“我住这里也要交钱的。”

“那怎么行?”我已经走到里屋。

“算了吧，林南一。”她在外面喊，“你要是给我钱，我明天就搬走。”

等等，什么时候变成我怕她搬走了?

她走到厨房门口来，看着我，懒懒地说:“你失业了，难道不想找工作吗?”

“想。”我把钱递给她说，“不过你放心，我还不至于饿死。”

“但你可能会伤心死。”她说，“你有没有想过，没有她你可以一样地活。看到你这样子，她未必会高兴。”

“那我该怎样?”我像模像样地跟眼前这个小姑娘请教。

“忘了她。”七七说，“就当你们从没有认识过。”说完，她转身走到窗边，一动也不动地看着窗外的那棵树。

我把钱硬塞到她手里。

用一个小姑娘的钱，我林南一实在没这个厚脸皮。

“好吧。”七七说，“林南一，我知道你是用这种方式在赶我走。我知道我不受欢迎，你放心，明天我就离开。”

“我不是那意思。”我结结巴巴地说，“你要是愿意留在这里，留多久都行，但是，我真不能用你的钱，不然那我成什么了？”

“我付一半。”七七说，“这是你最后的机会，你要还是不要？”

“不要。”我说。

“你知道你女朋友为什么会离开你吗？”她问。

我静静等待她的答案。

“因为你学不会妥协。”她一针见血地说，“你这么拧，谁受得了你？”

我走过去，从她的手里接过那一半的钱，她很得意地笑了，像个大人一样地对我说：“乖，谢谢！”

那天夜里下起很大的雨，雨水粗暴地打在窗子上，发出吓人的声响。我在沙发上快睡着的时候，七七打开门走了出来，她穿着她才买的睡衣，轻手轻脚，走到沙发那里，在我的旁边蹲下来。

“七七。”我坐起身来，“你怎么了？”

“不要开灯。”她说，“雨下得很大，我忽然有些害怕。”

我只听说过有人怕打雷，没听说过有人怕下雨。但七七是个有故事的女孩，在她的身上有可能发生任何的事。

“好吧。”我说，“你坐到沙发上来，地上凉。”

她顺从地坐到我身边，长发挡住她的脸，黑暗里我看不到她的表情，只听到她的声音："林南一，你说，我是不是该回家呢？"

"当然。"我温和地说，"你家人会想你的。"

"像你想你女朋友一样吗？"

"应该……差不多吧。"我说。

"如果她回来了，你会对她好吗？你们会不会永远都不再吵架呢？"

"这……我不敢说。"

七七说："兴许，她正是因为爱你，才不回来呢。你想，谁会愿意跟一个自己喜欢的人整天吵啊吵，所以，最好就是离开，永远都不回来喽。"

她的怪逻辑又来了！

"你的沙发坐着不舒服。"七七说，"改天我给你换个新的吧。"

我忍不住转头，在黑暗里细细地端详她，这个谜一样的女孩，她到底来自何方，为何会这样出现在我的生命里？

生命是一场这样丰盛而艰难的演出，我们匆匆忙忙，做自己的主演，当别人的配角，从来都由不得自己。谁才是真正的编剧呢，如果我知道，我一定会去求他，请他让图图回来，回到我身边，我一定会好好珍惜，爱她到永远，我们相亲相爱永不吵架，和她共同完成这一生最美好最深情的演出。

只是，可以吗？

CHAPTER 6

相依为命

时间过去得飞快，我把七七留在身边已经有三个月。

在这段时间里，虽然我也有些担心，她的家人找不到她应该是心急如焚，但是在电视上报纸上我并没有看到任何寻找“七七”的启事，路边电线杆上也没有寻人启事，一切平静得令人诧异。

也许她真的就像她自己说的那样，是个没爹没娘的孤儿吧。

这个说辞，至少能让我良心过意得去。

有时候我和她一整天也不说话，各自发各自的呆。有时候我们一起看动画片，她笑得前俯后仰，我则面无表情。她的手机卡没了，我的手机停机了，于是我们都不用手机，家里电话响了，我会扑过去接，一听不是图图，就果断挂掉。大多数时候我们吃外卖，有时她付钱，有时我付钱。心情不错的时候我去买点菜做饭给她吃，她吃得并不多，吃完了很自觉地收拾碗筷。我已经习惯她在下雨的夜晚趴在我旁边入睡，她也已经习惯在我大醉以后替我端盆热水洗脸，我们两个孤单的人，就这样以奇特的方式生活在一起，共同遗忘，一起疗伤。

如果这是上帝的安排，安然接受再静观其变也许是我唯一的选择。

然而现实是残酷的，人不能活在真空里。有一天，我发现我的存款差不多要用光了。我坐在客厅里的破沙发上沉思了好一会儿，知道自己不能再这样继续下去，于是收拾一颗破碎的心，准备去找新的工作。其实我的心里一直忘不掉图图曾经跟我说过的一句话，她冷冷的表情像印在我的心里，挥之不去。她说："可是，你连一把像样的吉他都买不起，不是吗？"

也许，我俗气地想，这就是她离开我的真正原因吧。

我发誓要挣很多很多的钱，等到图图回来的那一天，给她所有她想要的。我不能再坐在家里任自己腐烂，如果真是这样，等到她回来的时候，或许连多看我一眼都不愿意。

我买回当天所有的报纸，七七看我把报纸翻了个遍，再烦躁地揉成一团扔到地上，同情地问我说："林南一，你到底擅长什么？"

我想了想说："喝酒。"

她哈哈地笑起来，我不明白这事为什么有那么好笑，然后她说："你不如上网看看，网上机会比报纸上多得多。"

这我当然知道。

"我替你把网费交了吧。"她说，"打10000号码，他们是不是会上门来收？"

我跳起来说:“我自己交。”

“算了吧。”她看着我,“等你交我等到猴年马月也上不了网。”

“你饶了我这台老式机吧，别指望用它玩游戏！”我用眼睛瞪她。

“别用这种口气跟我说话！”她忽然很生气,“你知不知道我最讨厌别人用这种口气跟我说话！”

得了。

除了我，谁都可以想发脾气就发脾气。

我不再理她，她也不再理我。我把地上的报纸拾起来，找了几个勉强合适的职位，决定去碰碰运气。临出门前，我看了看坐在窗边的七七，缓和口气说:“晚上我去买菜，等我回来做饭给你吃。”

她像没有听见一样，我只好关上门出去了。

我用了差不多一整天的时间，去了四家公司应聘。下午快六点的时候，我在和一家网络公司的人谈他们就要新建的一个音乐频道，抬头看到透明的玻璃窗外慢慢暗下去的天空，不知道为什么忽然想到了七七，我的心里有说不出的慌乱，感觉她已经不见了，等我回家，她一定已经消失了，我将再也见不到她。我们相依为命的那些日子，将成为不能追回的过去。

这么一想，我立刻从椅子上跳了起来。

“对不起。”我说,“我有事先走了。”

“林先生，请留下你的资料。就你对音乐的理解，我想我们应该会有很好的合作！”他们招呼我的时候，我已经拉开门迅速地走掉了。

我飞速地下了楼，上了一辆出租车，催着司机用最快的速度把我带回了家。我跑上楼，拿出钥匙打开门，眼前的景色让我惊呆了。

我回过身看，门后，图图贴的那只张牙舞爪的狮子还在。我再看向家里，已经完全不一样了，我不认得的沙发，我不认得的茶几，我不认得的餐桌，我不认得的花瓶，只有我认得的七七坐在那张新的蓝色沙发上冲我疲倦地微笑。

“这里被你施了魔法？”我环顾四周问道。

“我怎么也烧不好一碗汤。”七七说，“以前见伍妈做，觉得很容易。”

“谁是伍妈？”我问。

“一个老太婆。”她从沙发上站起身来，问我，“怎么样？林南一，你喜欢吗？”

“你没走？”我答非所问。

“我为什么要走？”她一下子跳到沙发上，“我住在这里，不知道有多开心，我为什么要走？”

“请问，我原来的东西呢？”

“送给搬家工人了。”她满不在乎地说。

“请问，你是李嘉诚什么人？”

原谅可怜的我，对有钱人的认知实在是有限。

“我不姓李。”她眨眨眼，“我也不认得姓李的。”

“那你贵姓？”我抓住机会，希望问出她的秘密。

“我姓七。”她说，“请叫我七七。”

我抓狂，但新沙发真的是很舒服，我一屁股坐到上面就不想起来了。但再舒服我也不能白要，我对七七说：“多少钱？我还给你。”

“你还不起。”她用一只眼睛斜斜地看着我，“三万八。”

我差点没从沙发上跌下去。

“你别有负担，我只是做个试验而已。”她说。

“什么试验？”

她神神秘秘地不肯再讲。

“还有。”七七说，“你今天不在的时候，有人来找你，他拼命敲门，像个神经病，我不得不开。”

“谁？”我给她弄得很紧张。

“不是女的，是个男的。”七七说，“那个缝针的。”

原来是张沐尔。

“他请你晚上去酒吧。”

我想起来了，那两万块钱还在我家放着，一直都没机会还给怪兽，但愿他们不要以为我赖账才好。

“他说酒吧很快就开业了，今晚要去排练。”

排练个屁！

“你朋友挺有意思的。”七七说，“他还给我复查了伤口。”

“啊！”我跳起来，“那小子都干了些什么？”

“哈哈哈哈。”她仰天大笑，“你放心，我没让他碰我，就让他远远地看了一眼而已。”

“你们聊天了？”

“聊了几句。”七七说，“他让我劝你回乐队，他说乐队不能没有你。”

“他当你是谁？”我用眼睛瞪她。

“我告诉他我是你女朋友。”

“什么？”

“我就是这么说的。”七七说，“林南一，我算是帮你，做你的女朋友一阵子，等这件事传到你真正的女朋友那里，她准会回来跟我ＰＫ。到时候你不就如愿以偿了？”

这都什么馊主意！亏她想得出。

新餐桌上放着几盘菜，我凑近看，不相信地问：“你做的？”

“张沐尔。”七七说，“在我的吩咐下做的。”

我的天啊。

不管谁做的，反正我饿了。我三两下把饭吃完，拿起包准备出去，她问我：“你去哪里？”

“去酒吧。”

“去还钱吧？”她鬼精鬼精的。

“是。”我说。

她转动着眼珠说：“你不是不想见他们吗？不如我替你去还吧。”

也好。

我屁颠屁颠地从包里把钱翻出来，交到她手上。她随随便便地把钱塞进双肩包，就要出发。

“等等，”我叫住她，从钱包里掏出五十块钱，“给你打车的银子。”

“我自己有。”她骄傲地把我的手挡开。

她开门出去，我从楼上看到她背着双肩包的骄傲背影，心里有些不安。

我不是不知道，让一个未成年女孩背着这么多现金在这个时间出门并不安全，可是在那一刻，我有种强烈的逃避心理，我不愿见怪兽和张沐尔，不愿碰吉他，更不愿提乐队。只有逃避才能让伤口不那么灼痛，才能让我心安理得地原谅自己。

而且，我的吉他也已经摔坏了，我应该离音乐远远的才对。

但是，我好像还是不应该在这么晚让一个女生背着两万块现金出门，为了良心过得去，我回忆了一下七七的种种暴力举动，最后得出结论：别人抢她？她不抢别人就已经很给面子了！

所以，没问题的！

我去楼下超市买了酸奶面包还有一堆水果等七七回来。粗略地计算一下，从这里到酒吧，打车不会超过半小时，她把钱交给怪兽，怪兽又不会搭理她，因此这个过程最多只需要五分钟，然后她再打车回来……

但她去的时间未免也太久了一点。

等到夜里十一点，我终于忍不住打电话给张沐尔：“七七还在你们那儿吗？”

“七七？”他疑惑地说，“她为什么在这里啊？你小子怎么还不过来？”

他的口气不像开玩笑，我的脑海里马上出现七七被劫持、绑架、撕票的种种情景，吓得我出了一身冷汗。最好的可能，是她已经到了酒吧街，但是找不到怪兽酒吧，或者顺便跑到另外一家去鬼混。

然而最坏的可能……

我打了个寒战，不敢再想。

“喂！”张沐尔说，“你没事吧。”

我挂了电话，冲下楼打车，让司机把车开到了酒吧街的路口，然后我一路搜索，在每一间酒吧的门口张望，引来行人侧目。

可是，我一无所获。

远远地，我看见了“十二夜”的招牌，混在一大片相似的霓虹灯里，孤零零地显得好没气势，我心里的内疚、自责以及沮丧在那一刻忽然达到顶点，我冲过去，一脚踢开门。

我看到了什么？

那个没心肝的小妖精就占着最中间的一张桌子，和张沐尔、怪兽谈笑风生！桌上摆着几瓶已经开了的酒，七七一边往张沐尔的杯子里倒，一边豪迈地喊：“喝，全算我账上！”

“哪儿的话！我请我请！”一向酒量不好的怪兽已经喝得面红耳赤。

真是一幅其乐融融的画面啊！

我气得牙根痒，站在门口大吼一声：“七七！”

她一点都不吃惊地扫了我一眼。

“阿南你来得正好！”张沐尔兴高采烈地说，“一起喝，一起喝！”

“你到底在这里干什么！”我一个一个瞪过去，“你们在这里干什么？”

“等你啊！”张沐尔含糊不清地说，“七七说你两小时内准来，现在还没两小时呢，你小子就不能跑慢些？”

七七把手摊开，伸到张沐尔面前。

张沐尔乖乖地掏出一百元放到她的掌心。

我看得目瞪口呆。

“我都说了，林南一不会不管我，你非要和我赌！”七七朝我挤眼睛，“林南一，你说对不对？”

“拿家伙，今天开练啊！”怪兽招呼我。

“没家伙。”我愣愣地说。

“早给你准备了！”张沐尔急切地说。他跑到吧台，钻到桌子底下去，出来的时候手里多了一样东西。他抱着它跑过来，一把塞到我怀里——是琴盒。

我打开它，一股玫瑰木的香气扑鼻而来——这是把好琴，和我以前用的那把一比简直是天上地下的区别。

“哪来的？”我问，“怎么回事？”

“怪兽买的。”张沐尔说，“他为酒吧的吉他手专门挑的。”

“很贵吧。”我说，“这么贵的琴给我用简直白瞎。”

“那你就不能争口气吗？”怪兽冷冷地说。

“你小子别以为给我买把琴就可以随便说我，小心我抽你！”这句话说出口，我忽然感到一阵难言的轻松。

张沐尔和七七都笑了。

原来，直面一件事并没有想象中那么困难。

我毕竟不能让“十二夜”变成另外一支陌生的乐队。这里面凝聚着我最好的年岁，就算我放弃了，它仍然在我的血液里流淌。

也许我们应该好好混出个样子来让图图看到吧。也许，某天我们一朝成名，报纸上铺天盖地都是我们的专访，我们霸占整个电视频道——如果是那样，图图可会回心转意?

我正浮想联翩，七七已经摆出一副大姐大的样子:“今天也晚了，排练就算了。咱们再喝一轮就散!”

“不准喝酒!”我凶巴巴地说。

张沐尔听话地端来饮料，七七好像一副心情很好，懒得和我计较的样子，抓起一瓶可乐，狠狠地吸了几口。

“我喜欢这里的氛围，”她边吸边说，“很像我以前爱去的那一家。”

“哪一家?”我机警地问。

她白了我一眼。

怪兽把我拉到一边，要跟我单独聊聊。从酒吧的透明玻璃窗往外看去，这个城市的灯火仿佛从没熄灭过。我们一人一杯啤酒，我忽然感性地说:“谢谢你的琴。”

“还不算最好。”怪兽说，“等以后我们成名了，给你买更好的。”

我看看四周:“这里花了你不少钱吧?”

“阿南。”怪兽说，“我想请你替我打理这里，目前我和沐尔都有工作，你是最合适的人选，你看呢？”

“我不懂的。”我说。

“都不懂，慢慢学。”怪兽说，“我们只是希望有个地方来玩我们喜欢的音乐，不是吗？赚多赚少我不在乎的。”

“谢谢你的信任。”我由衷地说。

他的目光越过我的肩头，看着七七。

“别乱想。”我说，“她还只是个孩子。”

“我感觉她和图图很像。”

怪兽的话吓我一跳，我转头看七七，她正在和沐尔聊天，笑得很夸张。她不是图图，她只是七七。这个世界上，只有一个图图，没有人像她一样，没有。

“你算答应了？”怪兽问。

我没再叽叽歪歪，点了点头，反正在家闲着也是闲着。

后来我们又喝酒了，那晚怪兽喝到半醉，话也比平时要多，我们还谈到了酒吧的主唱。

“‘十二夜’只有一个主唱。”怪兽的舌头打着结，眼神却坚毅无比，“等她回来，不该在这里的人就统统滚蛋！”

七七低声笑着说：“看来他真是醉得不轻哦。”

我们离开的时候下了一点雨。夜已深，没有出租车，我把自己的外套脱下来包在七七头上。入秋的凉风刮在我脸上有小小的疼痛，这种痛感，让我真切地意识到，我还活着，我的生活还在继续。

七七在我前面慢慢地走，她仍然是个让我难以捉摸的孩子，活泼的时候，是病态的活泼，安静起来，是吓人的安静。街灯一盏盏扫过她的脸，我忽然觉得自己有必要跟她和解。

“以后不许再这么捉弄人，听到没有？”我严厉地说，“让人担心很好玩吗？”

“你担心我？”她出人意料地问。

我一下子不知道怎么回答。

“我再也不想生活得乱七八糟。”七七说，“林南一，也许你女朋友真的会回来，张沐尔说得对，你不该过这样乱七八糟的生活。”

“你在说什么？”我有些听不明白她的话。

“反正，我要开始新的生活！”她把两只胳膊高高地举起来，举过头顶，做着和图图一模一样的动作。我把眼睛闭起来，不允许自己疯掉。

在这么深的夜里，七七显得乖巧、温顺，还有一点点兴奋。

“林南一，你听我说，”因为衣服包着头，我只看见她的一双眼睛在闪闪发亮，“怪兽要是不喜欢图图，我把头割下来给你。”

“我们都喜欢图图。”我温和地拍拍她的肩膀，“我要你的头干什么？”

她哈哈地笑着问我：“林南一，我留在你身边多长时间了你记得吗？”

我摇摇头，我真的没认真算过。

“十二夜。”她笑嘻嘻地说。

“肯定不止吧。”我说。

“傻瓜，十二是一个轮回。”七七说，“林南一你要小心了，兴许我们就要在一起生活一辈子了。如果你找不回图图，我们就是两个孤单的人，注定了要在一起哦。”

这个孩子，居然说出这么有哲理的话，让我的心软得不知道怎么办才好。

“不过，你一定会找回图图的。”七七说，“因为我感觉，她一直爱着你。”

我奇怪地问：“你为什么会有这种感觉？”

“不知道，直觉吧。”七七说，“林南一，你是个好人，好人一定会有好报的。”

我拍拍她包着衣服的头，她冲我吐舌头笑了笑。

十二是一个轮回？

只是图图，你怎么狠得下心，舍得离开我，舍得离开“十二夜”呢？

到底要经过多少轮回，我才能等到和你重逢的那一刻？还是这一生，我们永远都不会再相见？

CHAPTER 7

妖精七七

就这样，一夜之间，我成了“十二夜”酒吧的总经理。

七七伙同张沐尔他们，戏谑地叫我“一总”。虽然听着别扭，但我拿他们没办法。我很认真地做着一切，但管理酒吧，我是真的没有能力。酒吧的经营惨淡，一直在赔钱。我们每晚在里面演出，虽然这样的演出对我们来说是轻车熟路，但没有好主唱的乐队是没有任何人喜欢的。

如果图图在，就会不一样吧。

总之，这已经不是以前的“十二夜”了。但怪兽坚持我们应该唱自己的作品，不接受点歌。来酒吧的人普遍对我们兴趣不大，大概是看在特价酒水的分上，才肯忍受我们的死气沉沉。

所以有人找碴也是早晚的事。

那天我们的演出主题是怪兽新作的一支迷幻风格的曲子，连我都觉得沉闷。

“你们这唱的都是些什么乱七八糟的啊！”忽然有人喊道。

他走到乐池旁边，我一眼就看出来，他是那种闲极无事四处找碴的小混混。难得的是他居然趾高气扬地说：“《两只蝴蝶》会唱吗？”

“不会。”怪兽答。

“隔壁的妹妹就会唱！”他嚷嚷，“你们怎么不学点好？”

“既然如此，你为什么来这里？”怪兽和气地问。

“因为你们很烂，也很便宜。”他看来是成心闹事。

“你小子讨打啊！”七七第一个跳起来。

那人嬉皮笑脸地说：“好啊，小妹妹，打是亲骂是爱，你打我我绝不还手。”

他真是搞错了对象。我还没来得及阻拦，七七已经操起一只啤酒瓶冲了上去，那人根本没料到一个小姑娘会说打就打，我眼睁睁地看着那只瓶子在他脑袋上开了花。

他一脸呆滞的表情，好像还不相信自己就这么被一个小姑娘教训了。

“你说了你不还手，说话要算话哦！”七七提醒他，并摆出一副无辜的样子。

那人气得直接晕了过去。

张沐尔赶紧冲上去检查伤势：“伤口很深……姑娘你够狠的啊！”他责备七七。

七七还是摆出一副懒得辩解的样子。怪兽还是有点紧张，开酒吧的，谁都不想得罪流氓。“今晚就到这里！”他开始清场，然后拿出手机，大概是想给相熟的警察打电话。

这时候，他的电话尖锐地响起来。

“怎么回事？”他没头没脑地接了这么一句。

然后他的神色就变得十分严肃起来，就好像有人欠他二十万没还似的——我猜就算有人欠他二十万没还，他的脸也不会这样形同死灰。

“我家的厂子出事了，”他放下电话，开始抓狂地翻自己的口袋，也不知道在找什么，一边找一边说，“我得马上回去，立刻回去。”

他一溜烟地跑走了，中途撞倒了两三把椅子。张沐尔同情地看着他，家大业大原来也是有烦恼的。

七七怪怪地嘟囔了一句：“皮衣厂能出什么事？”

可怜那个被打的混混，居然只有我关心他的死活。我拨打了120，并且垫付了急救费。

怪兽走了一个礼拜，没有音信。我们“十二夜”的成员仿佛中了消失咒，一个一个地离开，我甚至怀疑，下一个会轮到我。

一个星期后怪兽终于回来，他好像七天都没有睡过觉，问他什么他也不肯说。他不说也算了，各家有各家的难事，既然管不了，何必好奇追问。这些日子，“十二夜”还在继续经营，但有时候一整夜我们也没什么顾客，张沐尔发呆，怪兽生闷气，我在那里随便拨弄吉他，七七坐在高脚凳上，用一小时的时间喝一杯可乐。

“为什么呢？”张沐尔说，“是不是这里风水不好？”

“你们的歌太难听了。”七七说，“你们差一个女歌手。”

“你别逼林南一跳楼。”张沐尔警告她。

“你们应该把图图逼回来。”七七说，“我看过林南一拍的DV，她才是你们乐队的灵魂。”

“够了！”怪兽呵斥她，“你懂什么！”

“我什么也不懂。”七七说，“我只懂如果不想这里关门就得想办法。你们那些谁也听不懂的狗屁音乐，一钱不值！”

“七七说得有道理。”我说，“明天找新的主唱，唱点流行歌曲，把酒吧养下去了，我们再来谈艺术。”

我对怪兽说：“我们不能这样等死，你想办法写点新歌，能流行的，我在网上征选歌手。”

“好吧，我试试。”怪兽也终于学会了妥协。

为了我们的新歌，怪兽和张沐尔很配合地每周两次来我这里录音，每一次我们都必须用厚厚的毛毯把窗子和门遮起来，所有的人不许说话不许咳嗽，搞得如临大敌一样。

每次我们工作，七七都安静地坐在沙发上，像在听，也像在发呆，她变成一个安静得不像她的姑娘，也成为我们的第一个听众，我们写出一点得意的旋律，就拿去给她听，她有时候摇头，有时候点点头，正经的时候说说意见，不正经的时候跟我们要评审费。

张沐尔问她：“你要多少？”

她答：“那要看跟谁要，如果是跟你要呢，就算了，你一看就是穷酸样，如果是跟怪兽要呢，我就狮子大开口，他一看就比较有钱，如果是跟林南一要呢……”

她说到这里忽然不说了，眼睛转过来看着我。

“说吧！”我有些好奇。

“我不告诉你们。”她说完便站起身来，走到阳台上去了。

那晚怪兽把我拉到我家楼下，我们俩面对面地抽着烟，他忽然问我：“你忘记图图了，是不是？”

“怎么会。”我说，“是她走了，不肯回来。”

怪兽指指楼上说：“就算她回来，这里还有她的位置吗？”

我敲敲我的心口说：“她的位置在这里。”

怪兽一笑：“我不是要管你的事，你爱上哪个女人都跟我没有关系，我只是想提醒你，不要错过这一生最爱你的人。”

我一把揪住他的衣领：“你是不是有图图的消息了？”

“没有！”他挣脱我，“你也老大不小了，不要有事没事就动手动脚的，难道你因此惹的麻烦还小吗？”

我知道他是在说七七。

是的，如果那天我忍着一点儿，兴许，就不会有七七这场意外了。

但是，那些都是如果，该发生的都发生了，只有迎头接受所有的事实，才有活路可走，不是吗？

遗忘，未尝不是一种好的方式。

那天晚上七七问我：“林南一，为什么你们乐队里的歌都是怪兽写的？你不觉得他写的歌很难听吗？”

“还好啦。”我说，“请问您有何高见？”

她眼睛看天：“你不觉得有点羞耻吗？”

“什么意思？”

“你应该自己给你女朋友写一首歌！”她终于忍不住了，“不然她就算回来，也不是回到你身边！”

然后她就昂首阔步冲进浴室，留我在客厅里听着水声发呆。

她说话不留情面我知道，但我没想到这一次她这么狠，直接打中我的死穴。

浴室里哗哗的水声，像记忆里下的一场雨。

那天晚上我一直撑着没睡，等到卧室里没有动静了，才做贼一样打开壁橱。

那里面有一把吉他。

不是怪兽送我的那把，是在乐队的那次争吵中，被摔坏的那把。

这是我第一次正视它的惨状，不过，情况比想象的好得多。

琴体大多完好无损，断的是琴弦——还剩三根。

我试着轻轻拨了一下，它像一个沉默很久的朋友，迟疑地对我打了声招呼，声音沙哑却亲切。

也许，残破的吉他未必弹不出美丽的和弦。

也许，只有当一个人消失了，她的美才会一天比一天惊心动魄，让人撕心裂肺地想念。

这是我第一次写歌，很生涩，一个音一个音地试探。我要写的是我们第一次遇见时，下的那场宿命般的雨。

我歇口气，有人在我身后说：“好听，你继续。”

“你是鬼啊，走路没声音！”我吓了一跳。

七七冲我微笑："林南一，我知道你可以写出好歌来。"

夜晚实在太具有迷惑性，在那一刻，我真以为她是图图，心里一下子悲喜交集，差点掉下眼泪。

我生平写的第一首歌，很普通的歌词，很简单的旋律，用三个琴弦断续弹出来，我把它叫作《没有人像我一样》：

没有人像我一样
没有人像我一样
没有人像我一样
没有人像我一样
啊啊啊啊啊
执着的爱
情深意长
你已经离开
我还在疯狂

世界那么的小
我找不到你
哪里有主张
没有人像我一样
在离你很远的地方
独自渴望
地老天荒

这天晚上，七七是我唯一的听众。

黑夜里，她的眼睛闪着光，她说："林南一，这歌我喜欢。"

"真的吗？"我有些不相信。

"真的，真的。"她拼命点头。

第二天，我在酒吧演唱了这首歌。一片沉寂之后，是好久没听到过的掌声。

很神奇，好像就是因为这一首歌，酒吧被慢慢救活，人气开始旺起来。慢慢地，我们的酒吧开始拥有老客户，开始有人点唱我的歌曲，还有姑娘为我送花。我变得很忙，七七却还是那么闲，很多时候，她都独自待在家里。这个从天而降的女孩成了我最大的心病，我一有空就思考该如何把她送回去。

我想了又想，终于在一天早晨认真地跟她说："七七你听好了，不管你告不告诉我，我一定要找到你的家人，把你送回家。在这之前，我替你报了一个补习班，补外语、语文、数学，一周四天课。"

她哼哼着，不讲话。

"反正你去也得去不去也得去，这样待在家里，你迟早会生病。"我觉得自己应该强硬点。

她冷笑："到头来你们都是这副嘴脸。"

她的脾气一向这样，我也懒得和她计较。我告诉她，我要上街去采购一些东西，她愿意留在家还是愿意跟着我出去透透气，悉听尊便。

原本我没抱希望，谁知我出门的时候，她居然还是跟了出来。

她手上戴着那只藏银镯子，头上压一顶黑色棒球帽，相当有型，走在街上引得行人侧目，她却始终皱着眉头，似乎在想心事。

我知道，她只是不想一个人待着。

可是，她要何时才能学会主动对我开口，告诉我，在她身上都发生了什么。

我们去了闹市区，市中心的新华书店门口乱哄哄的，都是和七七年纪一般大的小姑娘，好像在举行某个青春作家的签售会。对这类所谓的作家，我的观点历来是不看不买不关心。而七七站在那里，愣愣地看着那个巨大的广告牌，抿着唇，不作声。

“进去吧。”我说，“我替你买点复习资料。”

她居然没有反对。

我一进去就发现自己失策了，书店里围着的人实在有点多，通道被挤得水泄不通，我边高喊着借过借过，一边纳闷，难道是写哈利·波特系列的作者来了吗？

就是在这片混乱中，我发现，七七不见了。

她不见了！

我的第一反应，并不是人流冲散了我们，而是她跑掉了！

我的心理阴影不是一般的严重。

我好不容易挤到服务台，想让她们帮我播个寻人通知，可是在美丽的播音员有空搭理我之前，她先镇定地把广告播了三遍：“参加青春作家暴暴蓝签售活动的读者请注意，签售地点在图书大厦的五楼多功能厅，请大家上电梯的时候不要拥挤，注意安全，谢谢合作！”

我耐心地等她播完，然后说:“麻烦你……”

她用手拢住耳朵问:“你说什么?”

我对着她喊:“我要广播寻人!”

这时候一包T恤从我脑袋上飞过，重重砸到服务台上。

“快播快播,”有人焦急地喊,“凡一次购买《小妖的金色城堡》超过五本，均可获得纪念T恤一件，请来服务台领取!”

我抓狂了，卖书是卖菜吗? 促销得也未免太过赤裸裸，这种方式，实在超出我的理解范围。

服务台前面迅速排起了长队。

“快来人搭把手!”又有人喊,“有人买了一百本《小妖的金色城堡》，要到书库拿货!”

这个爆炸性的消息更激起众声喧哗，我忽然感到说不出的疲惫。

这就是买卖的氛围，书是如此，音乐，怕是也不能例外。

静静地作一首好歌，会越来越成为愚不可及的梦想。

我沉默地退出了疯狂的人群，一下子失掉方向，忘了自己要干什么，忘了何去何从。

“林南一!”七七的声音在身后响起，把我吓了一跳。

她忽然出现，就那么孤孤单单地站在离我两米左右的地方，脸色苍白，好像刚受伤那会一样，眼神涣散得让人心惊肉跳。

“七七你怎么了?”我冲过去抓住她,“你刚才上哪去了?”

“林南一，我们回去吧。”她轻轻挣脱我的胳膊，只说了这么一句。

“书还没有买。”我犹豫。

“回去回去回去！”她没有征兆地尖叫起来，“我要马上回家！”

她拉着我往外冲，差点把别人撞翻在地，周围的人用看抢劫犯的眼神看我，我只能一边被她拖着一边跟人解释：“对不起，我妹妹她精神不稳定……”

听到“精神不稳定”几个字，她像受了什么刺激似的，扑到我肩膀上咬了我一口！

虽然天气还很冷我穿得还很厚，但她那一咬还是疼得我龇牙咧嘴。

“你疯了！”我终于忍无可忍地甩开她。

那时我们已经走到新华书店的大门口，很多和她一样年纪的女孩手里拿着那本《小妖的金色城堡》在谈笑风生。我甩开她以后，她愣了一秒，慢慢地蹲下来，把头埋在两膝中间开始号啕大哭。

她的哭声里好像有天大委屈，行人驻足，连保安都已经往这边走过来，我情急之下只能把她抱起来，塞进了一辆出租车里。

她并没有挣扎。

回家的路上她一直在发抖，眼泪也不停地流，我问司机要了一包纸巾，很快就用完了。我不停地问她怎么了，她只会摇头。

我不知道在我没看见的那几分钟里到底发生了什么，会让她这样接近崩溃。她不停地哭，把眼泪蹭在我左边袖子上，我心疼地搂住她，她稍稍挣脱了几下，没成功，终于放下防备，把脸埋进我的肘弯里。

在出租车上的那十几分钟，是我们有史以来，最为贴近的时刻。

刚刚回到家，我正弯腰换拖鞋的时候手机响了。

“林先生，”我听到一个甜美的声音，“请问您是否购买了一百本《小妖的金色城堡》？”

“一百本？”我吓一跳，“没这事，你们搞错了！”

那边锲而不舍：“可是，您已经付过钱了，我们要把书给您送过去，请问您的地址是不是……”

她报出了一个我完全不认识的地名。

我捂住听筒对七七低吼：“是不是你搞的鬼？”

她不承认，也不否认。

我干脆把电话挂掉，然后开始发作：“一百本？你打算开图书大厦吗？”

她喃喃地说：“我答应她的。”

我更丈二和尚摸不着头脑：“你答应谁的？”

“你管不着。”她很直接。

“我今天还偏要管了！”我火了，“还管不了你了？住在我这就归我管！”

她径直坐到沙发上，蜷成一团，堵住耳朵。

事到如今，连生气也显得多余了。我只能到厨房去捣鼓吃的，中途偷偷往客厅瞄几眼，她一直保持那个姿势在沙发上一动不动，似乎睡着了。

她睡着的时候像极了乖孩子，让人心疼。我忽然知道，其实，我是不会真的对她生气的。为了让气氛暂时缓一缓，我一转身又进了厨房。

我在厨房里烧鱼，忽然听到一声尖叫。

我用百米冲刺的速度冲进客厅："怎么了，怎么了，七七？出什么事了？"

她抱膝坐在沙发上，脸上湿漉漉的，不知道是汗还是泪。

"我的结局呢？"她问我。

"什么结局？"

"她答应我的结局。"她怔怔地说，"我梦到我翻到最后一页，可是书又被拿走了。"

说完这句，她倒头又睡下，仿佛疲倦至极。

尽管我们已经共同生活了这些日子，但她对于我，还是神秘莫测。

而我厨房里那条昂贵的鳜鱼啊，就这样煎煳了。

我一边手忙脚乱地补救，一边脑子里灵光一闪，结局，是不是指的那本《小妖的金色城堡》？

那也就是说，她不见的那段时间，很有可能是去参加那场莫名其妙的签售会？

她的身世来历简直呼之欲出，我耐着性子，慢慢理清思路，如果真的是一场签售就搞得她心情大变，只有两种解释：1、她在签售会上被人非礼。2、她在签售会上看见认识的人。

鉴于她平时的强悍表现，我初步认为第二种猜测比较合理。

那个她认识的人，又会是谁呢？她的爸爸、妈妈，或是作者？

又或者，她的爸爸妈妈就是作者？

我被自己的胡思乱想搞得心烦意乱，奔向卧室，上网检索《小妖的金色城堡》。

检索结果很快出来，居然超过两万条，原来这是一本近来少有的畅销书，打的是“青春疼痛”的旗号。作者叫暴暴蓝，主人公叫妖精七七。

妖精七七！我愣在原地。

继续往下看，我看见一个叫“小妖的金色城堡”的网页，让我骇异的是，首页的图案居然就是七七手机屏保的图案。我在城堡大门轻点鼠标，映入眼帘的是一个闪烁的 Flash 动画，有人在里面写了一句话：七七，我知道你会看到，我们都很爱你，希望你早日回来。

继续往里点，是一个新的通告，预告了“少女作家”暴暴蓝的每一场签售。

最醒目的，还是一个长长的“寻找七七”的公告栏，很多网友通报“妖精七七”的情况，他们都声称自己发现了妖精七七，然后有人一个一个去求证，得到的结果都是失望。

无须去看照片，我已经确定，这个从天而降到我身边的女孩子，就是他们在寻找的人。

然而真正让我震撼的，是公告栏置顶的一条消息。

用很大的红色字体鲜明地标出：七七快回来，爸爸病了。

我点开这条消息，发现发布的时间是去年十月，而现在，已经是二月。

虽然里面将病情描写得语焉不详，但我能感觉到，一定是很严重的病。

我的第一反应是，七七是否已经看到了这则消息?

我正在想的时候，她走到我身后，问我:“满意了吧，该知道的都知道了是吧?”

“你是谁?”我问她。

“我也想知道。”她说。

我把网站点到首页:“我会通知他们，把你领回去。”

她不敢和我对视，但我看得到她在颤抖。我走过去，轻轻地扶着她的肩膀。

“七七，为什么不回去呢?”我心疼地问她，“你看看，有很多很多的人，他们都非常想念你。”

“那又怎么样呢?”七七说，“林南一，你别赶我走。再给我一点儿时间，好吗?”

“好的。”我说。

“你别骗我。”她警告加威胁我，“如果你骗我，我就只能去死了，你知道吗?”

我信。

于是我点点头。

原来女孩子们狠心起来，都是如此地不要命。

那天半夜下起了雨。我在沙发上睡得不安。开始，听到有雨点沙沙落在窗边的树上，然后，一大颗一大颗砸下来，我在梦里也知道这是一场铺天盖地的大雨，无情地洗刷着一切，如世界末日来临一般。

末日就末日吧，我不在乎。

但我终于还是醒了。被子全部掉到地上，我费力地拉上来，脚一伸，天啊，我踢到什么?

我一下清醒了，在黑暗里试探着问:“七七?”

她不应声，但我能听到加重的呼吸，里面似乎有无限的担忧和恐惧。

“七七，”我弯腰够到她，“你害怕吗?”

她固执地躲避我的触碰，缩得更远一点，像受惊的小动物。

我们在黑暗中各怀心事，各自沉默。

“林南一，”她气若游丝地开口，“你知道吗?”

“什么?”

“我有病。”

“什么病?”

“抑郁症。”她说，“有时候无法控制，我想毁掉我自己。”

“不会的。”我说，并轻轻地摸摸她的头发，“我不会让你那样做的。”

她没再说什么，只是稍稍向我靠近一点，然后慢慢蜷成一团。

我看着她保持着那样的姿势，我听着她慢慢发出均匀的呼吸，我把她抱到床上。她轻声地喊“爸爸，爸爸”，终于睡熟。

我回到沙发上，已经失去刚才的睡眠状态，接下来的时间我一直辗转反侧，不停做梦，噩梦一个，好梦一个，交替得精疲力竭。

最后图图如期来到我身边。

“林南一，”她温柔地说，“你会不会慢慢把我忘记？”

“不会的，不会的。”我把头摇得像拨浪鼓。

第二天早晨我发现自己落枕了。

醒来后的第一件事，当然是到卧室去看她，上帝保佑，她还在，长长的睫毛仿佛要盖在脸颊上，有种像花朵一样转瞬即逝的美好。

我大概看她看得太久，她终于感觉到异样，睁开了眼睛。

我居然有点慌乱。

“你再睡会儿。”我说，“酒吧事情多，我今天又要忙一天，肯定没空回来做饭给你吃，你要是没事，就过来玩，不要在家死睡。”

她迷迷糊糊地抱着被子点头，那样子莫名地让我心动。

“林南一你发什么呆？”她问我。

“啊，没什么。”我说，“我要赶去酒吧了。”

“林南一！”她在我身后喊。

我站住了，听到她轻声说：“谢谢你。”

她说得那么认真，以至于我脸都红了。我没有转身，差不多等于是落荒而逃。

那一整天我确实很忙，怪兽写了一首新歌，我跟他们排练了好一阵，累得全身快散架，那晚生意也很不错，来了许多人，看样子酒吧会一直红火下去，我很开心，怪兽也很开心，差一点又喝多了。直到夜里一点多钟，我才买了夜宵回到家里。

我听到客厅里有动静，知道七七没睡。

“开门，开门！”我大声喊，“芝麻开门！”

动静忽然没了。

我只好自己掏出钥匙。

屋里没有开灯，客厅里亮着电脑的光。七七坐在电脑前面，像一尊小小的木雕。

“干吗不开门？”我有些气恼地问。

她还是不作声。

我好奇地凑近她，想看看她在如此专注地在看什么，她却啪的一声，直接拔掉电源。

“喂，”我不满，“请爱护我的财物！”

“赔你一台好了。”她冷冷地说。

这叫什么话？好在我已经习惯了她的没礼貌和这种小暴发户的消费行为。

她面向电脑坐着，好像要从黑乎乎的屏幕上看出宝来。我打开外卖，饭吃到一半终于忍不住问她：“你不饿吗？”

她转身，看都不看我一眼，摔门进了卧室。

我去敲过一次门，她不理我，沉默得像个死人。

不开心就让她不开心吧，兴许明天就会好的，我这么一想，再加上本来就很累，也无心再去安慰她，倒在沙发上很快进入了梦乡。

我压根没想到她会出事。

第二天是周末，客人来得比昨天晚上的还要多出许多，我有些得意，在前台吹着口哨，准备过会儿好好秀一秀吉他，沐尔晃到我面前问:“七七呢?”

“她在家。”我说。

“这么美好的夜晚，你怎么可以把她一个人放在家里?”

我想了想，说得对，于是拿起手机打家里的电话，她没有接。她一向不接电话，我朝张沐尔耸耸肩。

“不如我打个车去接她吧。”张沐尔说。

“你小子!”我拍拍他的肩,“快去快回! 一小时后要演出。”

张沐尔很高兴地出了门。二十分钟后，我接到了张沐尔的电话，他用无比低沉的声音对我说:“林南一，你得回来一趟，马上!”

“你搞什么鬼?”我问他。

“叫你回来你就给我滚回来!”他在那边咆哮。

我没再犹豫一秒钟，不管怪兽在我身后的呼喊，收起手机就往家里冲。

我到了家，看到房门大开着，七七躺在沙发上，张沐尔跪在地上，正在喂她喝水。空气中弥漫着刺鼻的煤气味。

“怎么了?”我声音颤抖地问。

“没什么。”张沐尔说,“开煤气自杀而已。”

我走近七七，她躺在那里，闭着眼睛。不知道是死是活。我生气地一把把她从沙发上拎起来:“你告诉我，你到底要干什么?”

她忽然睁开眼，眼神里的不安和痛苦让我的心纠成一团。

我一把抱住她:“好了，有什么事，你跟我说好不好?”

她的眼泪无声地流下来，流到我的衣领上，流进我的脖子里，仿佛过了一个世纪，我才听到她说话，她气若游丝地说："林南一，对不起，我真的有病。我逃得过这一劫，也逃不过下一劫，你以后都不要再管我了。"

她的话让我火冒三丈，我当机立断地推开她，狠狠地给了她一耳光。

张沐尔把门关上，跳过来抓住我。

我指着七七，用从没有过的严厉的口气说："你给我听好了，不许再说自己有病，不许再做这种伤害自己的事，否则，我饶不了你！"

七七看着我。

我在她的眼睛里看到我自己，我第一次深刻地认识到，这个叫七七的女孩，她进入我的生活并不是无缘无故的，不管她来自何方，去向何处，她都是我的亲人，我不能失去她，就像我不能失去图图。

绝不能。

CHAPTER 8

回家

那一晚，我没有再回酒吧。

张沐尔临走的时候跟我说：“如果我再晚来十分钟，你今晚就得待在警察局里了。”

“谢谢。”我说。

“别让她出事。”张沐尔说，“我有个哥们是心理医生，要不，明天我带她去看一看？”

“看什么看！”我又火冒三丈起来，“我都说了，她没有病！”

张沐尔做出一副懒得和我计较的表情，走了。

我守了七七一整夜。

等她睡着后，我上网找到了那个叫“小妖的金色城堡”的网站，看到了版主的联系电话，我犹豫了很久，终于决定打过去。

我把号码记下来，走到阳台上。电话一声一声地响着，我对我自己说，我打这个电话，无意赶走七七，只是我急需了解关于她的一切，防止那些不该发生的事情再次发生。

电话很快有人接起，是一个柔和的女声："你好。"

那一秒钟我心里冒出无数个乱七八糟的念头，她是否是七七的母亲？她会长什么样？是不是跟七七一样漂亮？为什么和女儿闹成这样？

见我半天没说话，她忍不住问："请问找谁？"

我镇定了一下，说道："我在网站上看到这个号码，请问，你是七七的什么人？"

"你是要告诉我七七的消息吗？"她说。

"也许是吧。"我说，"不过你首先得告诉我你是谁。"

"请先告诉我你是谁。"她大概是被层出不穷的假消息搞得有了点警惕性，"如果七七真的如你所说在你那里的话，你能不能叫她本人听电话？"

"不能。"我说。

她笑："为什么？"

"因为她睡了。"

"那么好吧。"她显得有些不耐烦，"麻烦你等她醒了之后让她给我打个电话，或者你直接告诉我，给你多少钱才能让她亲自来跟我说话？"

什么人啊！

我一生气，当机立断地把电话给挂了。

大约两个小时后，我的手机响了，那时候我已经睡得迷迷糊糊，我把电话接起来，一个女声问："请问是林南一先生吗？"

"谁？"

"林先生，你刚才打过我朋友的电话。"对方说，"我叫优诺。"

我已经清醒大半，从沙发上坐起身来，"你怎么知道我的名字？"

"从图书大厦查到的。"她说，"你买了一百本《小妖的金色城堡》，你还记得吗？"

"你到底是谁？"我问她。

"我是七七的朋友，我叫优诺。"她的声音听上去甜美、诚恳，不像两小时前的那个声音那样让人反感，"如果七七真的在你那里，请你让她接个电话好吗？或者你告诉我你的地址，我可以去把她接回来。"

我犹豫着。

"请一定告诉我。"她说，"要知道，我们都非常想念七七。"

"可是……"我说，"你能告诉我她为什么要离开吗？"

那边沉默了一会儿，才回答说："我们也想知道。如果七七可以回来，我想，她兴许会告诉我答案。"

"但是，如果她压根就不愿意回去呢？"

"林先生。"优诺说，"如果真的是这样，请你一定转告她，家里出事了。"

"什么事？"

她终于忍不住责备我："林先生，请控制你自己的好奇心。"

"好吧。"我叹口气说，"你回答我最后一个问题，也是我问过很多次的问题，你到底是七七的什么人，我再告诉你七七在哪里。”

“朋友。”她答。

朋友?

“林先生。”她说,“我相信你的诚意,也请您相信我。把你知道的一切都告诉我,好不好?”

“好。”我说,“我可以告诉你,这些天七七确实是跟我生活在一起,她很好,你们不必担心,我明早说服她,争取早点送她回家,你看好不好?”

“你的地址?”她说。

“恕不能告之。”我警告她,“也不要去查,我答应过你的事情一定会照办,我也会一直保持和你的联系,我只是不希望七七出事,她的脾气想必你是知道的,如果因此发生什么不测,我不会饶恕你!”

“好。”她说,“我等你的好消息。”

我挂了电话,坐在沙发上发呆,半晌无法入睡。七七,这个谜一样的女孩,到底是谁?为什么如此费心费力寻找她的,会仅仅只是一个“朋友”?

半夜的时候,七七醒来到客厅里倒水喝时,把我惊醒,我半睁着眼睛问她:“你没事了吧?”

她回头看我说:“没事,有事就死掉了。”

“以后别这样。”我说。

她说:“林南一,天亮后我就准备走了,给你打个招呼,你要是没醒,我就不喊你了。”

“回家吗？”我问她。

“我没有家。”她说。

我试探着问：“有个叫优诺的，你认识吗？”

她大惊，把手里的杯子往桌上一放，冲到我面前来：“你都做了些什么？”

“你听好了。”我说，“回家去吧，他们都等着你，有什么事情回去跟他们说清楚，不要再耍小孩子脾气，好吗？”

我说这些话的时候，她一直用一种陌生的眼光看着我。

“告诉我你家在哪里。”我说，“我送你回去。”

她冷冷地问：“他们给了你多少钱？”

我愣了一下。

“一定不少是吧？”她笑起来，“不过很遗憾，我告诉你，这些钱你拿不到了，因为我死也不会回去的！”

“够了！”我说，“别动不动就拿死吓唬人！”

我话音未落，她人已经冲到阳台。

我在沙发上坐了一秒钟，听到一声巨大的响声，我脑子轰的一下炸了，跳起来往阳台上冲。

等我冲过去的时候，七七已经站在阳台围栏上，谢天谢地，刚刚掉下去的只是一只花盆。她还在，只是我的阳台没有护栏也没有窗子，她的整个人差点探出去，从黑暗里探出去。看上去惊险万分！

“七七！”我大喊，“你想干什么？”

她转过身，平静地看着我，眼睛里闪着让我害怕的光：“林南一，你答应过我给我时间，可是你食言了。”

我无言以对。

“你还记得我说过什么吗？”她的语气里没有丝毫波澜，“我说得出，做得到。”

“七七！”我狂喊，可是已经迟了，她转过身，她的左脚已经离开阳台，这时候我的任何行动都只能让她更加义无反顾，我的心脏抽紧，大脑一片空白。我清清楚楚地知道她在拒绝这个世界，可是，真的就没有任何人能让她留恋吗？

“林涣之！”我忽然灵光一闪地大喊，“林涣之来找你了。”

说出这句话，时间仿佛有片刻停顿。七七没有转身，但她的脚步迟疑了，我趁机冲上去用全身力气把她拖下阳台。两个人一齐向后跌到一堆杂物上，我的后背被撞得生疼，反应过来的七七开始手蹬脚踢，尖叫着喊我听不懂的词语，还要冲向阳台。

“七七！”我大喊，“你有完没完？”

她冲我的胳膊狠狠地咬了一口，使我松开了手。她的身体从我的怀里挣脱出去，又奋力地爬上栏杆，她的姿态像站在悬崖边，晚风把她的头发激烈地吹起来，她神情激烈，看来死意已决。

我忽然心灰意冷。

“够了，”我说，“死就死吧，大家一起死，反正我也活够了！”

我是真心的。那一刻我感到前所未有的疲倦。活在世界上，大概也是不停受苦吧？我们都是病人。她是得不到爱，我是找不回爱，我们都病入膏肓，不如自行了断。

而她对我的话并无所动，只冷冷地问：“你以为我会同情你？”

“你以为，我需要你的同情？”我更冷地回答她，“你比我还惨，没有同情我的资格。”我走到她身边去，没有抓住她，而是复制了她的动作，把一条腿也同样地跨了出去。

我问她：“我们要是一起跳，你猜是谁先落地？”

“我物理一向不好。”她居然有心情幽默。

“是同时。”我说，“谁也看不见谁的消失，谁也不必心疼谁。”

她讥笑：“你以为我会心疼你？”

“会的。”我说，“你一定会，不信我们打赌。”

她把双臂展开伸向黑暗，风大起来，她打了个哆嗦：“好冷。”

“到这儿来。”我张开胳膊。

她迟疑了一下，竟然乖乖地靠近了我，举止轻柔，和刚才那个激烈的小怪物简直判若两人。我轻轻抱住她，很久很久，这样的拥抱终于慢慢有了一丝暖意。

彼此都冷静下来以后，我把她抱回了客厅的沙发上。

“我真的不想回去。”七七说，“林南一，我喜欢你这里，求你，让我再在这里过一阵子，好不好？”

“我不赶你走。”我说，“但是，你必须答应我一个条件，让我陪你回去一趟，你爸爸病了，你应该回去看看他。”

她叹息：“我没有爸爸。”

“可是你怕听‘林涣之’这个名字，不是吗？”

她抬起头来看我。

“明天一早，我送你回去。”我命令似的说，“现在，你给我躺到床上去，把眼睛闭起来，睡觉！”

“一定要吗？”她问。

“一定。”我说。

“你也嫌我烦了，是吗？”

“不是的。”我很耐心地纠正她，“我是希望你好起来。”

“我告诉你，刚才你吓到我了，你不要像我一样寻死。”她说，“你还要等到图图回来，不是吗？”

“图图重要，可是，你也一样。”我说，“七七，如果你不好，我也好不起来，你要相信这一点。”

她好像有点想哭，然后转过头去，问我：“你今晚能陪我睡吗？”

“好。”我说。

那一晚，我和七七躺在一张床上。她睡在里面，我睡在外面。我的心里干净得像春天的天空，没有任何肮脏的念头。我们只是两个孤单的人，需要彼此的温暖。她面朝着墙，轻声问我：“你送我回去，还会接我回来的，对吗？”

“是。”我说，“只要你愿意。”

“那我就放心了。”她说。

我没有再说话，她很快睡着了，没过多久，我也听着她均匀的呼吸慢慢睡着。那晚的梦里依旧是图图，她好像就站在门口，用忧伤的眼睛看着我。我弄不明白，为什么她每次出现在我的梦里，都是如此的忧伤。如果她过得不好，我该怎么办？如果她过得不好又不肯回到我身边，我该怎么办？

我睁开眼睛，发现七七已经醒来，她支起身子看着我，长发差一点拂到我的脸上。我不好意思地别开头，听到她说："昨晚好像有人来过这里。"

我吓一大跳："哪里？"

"我们房间。"七七说，"当然，或许是我做梦。"

"别乱想。"我拍拍她的头，从床上跳起来，"快准备一下，我送你回家！"

"林南一。"她在我身后大声喊，"我们在一张床上躺过啦，你以后要对我负责啊。"

要命。

最后还是我替七七收拾的行装，因为她站在窗口看着窗外一动不动，好像不肯离开似的。我收拾完喊她："快点，我们该走啦。"

七七说："林南一，有个女人一直站在那里，你说她是在等谁吗？"

我才管不了那么多，把大包挎到肩上，对她说："你的东西都装进去了，除了这张沙发。"

她转头看我说："我还要回来的，你这样子是不是不要我回来了？你说话怎么可以不算话？"

"你又胡闹！"我说，"不乖就真的不许你回来了。"

她朝我挤出一个夸张的笑，牙全露到外面。我忽然有些不舍，其实，我一直都是这样一个感情脆弱的人，重情重义，活该伤痕累累。

我拉着七七出了门，刚走出楼道口，七七就喊道："瞧，就是那个女人，一直站在那里。"

我顺着她的手看过去，却只看到一棵树。

那是图图曾站在下面对我告别的一棵树。忽然，我觉得我看到了她，但她的脸上再也没有曾经的笑容，她的嘴角有清楚的悲伤，那悲伤忽然紧紧地揪住了我的心。

“是你的幻觉。”我强颜欢笑。

她固执地坚持：“可我真的看到她，她很漂亮，对我笑了一下，还挥了挥手。”

她把手举得高高的。“就是这样，是告别的姿势，我肯定。”

看到这个姿势，我心中忽地一动，不由自主地抓紧了七七的胳膊。

“你弄疼我了，林南一，”七七皱着眉头，她忽然有点忧伤，“林南一，如果你女朋友回来了，你还会让我回来吗？”

“别胡思乱想，”我努力强打起精神，笑着拍拍她的头，“咱们走。”

二十分钟后我们到达火车站，挤到窗口买票的时候我这才知道，原来七七的城市和这里相距不过三百公里，坐火车不到四个钟头。

买完票挤出来，我在吵吵闹闹的火车站接到张沐尔的电话，他问我：“你在哪里？”

“要出门一两天。”我说。

“你是和七七在一起吗？”

“是的，我送她回家。”我说。

“我帮你去送好吗？”他说，“你别忘了，明晚酒吧被包场了，有人过生日，点名要你唱歌。”

“我会赶回来的。”我说。

“我帮你去送好吗？”他还是那句话。

我看看七七，她正看着我，抿着嘴不说话。

当然不行，我一定要亲自把她送到她家人手里，才能放心。

“沐尔。”我说，“车要开了，有什么事回来再说。”

“林南一。”张沐尔说，“怪兽会很生气。”

“他生哪门子气？”我没好气地说，“不就请一天假吗？”

“那你给他打个电话吧。”

“不打。”我说，“要打你打！”

说完，我挂掉了电话。

我拉着七七上了火车，一路上，她都没什么话，只是抱着她小小的双肩包，似乎满怀心事。火车越往前开，她就越是紧张，身体绷得非常紧，脸上充满戒备。

而我一点一点更接近她的过去，对这段过去我曾经无限好奇，现在，却充满忐忑。我能安慰自己的是，我送还给他们的，是一个完好无损的七七，虽然时间过得确实有点久。

我不能控制地又想起了图图，如果这时有人把图图送回到我身边，我会生气她离开这么久，还是拥抱着她原谅一切然后选择重新开始？

当然，当然是后者。

“林南一。”她终于开口，“他很凶，我这次走的时间太长了，我怕他会杀掉我。”

“谁？”

“林涣之。”

“他敢！”我说，“有我呢？”

她忽然笑着说：“很奇怪，你们都姓林。”

“你好像从来都不叫他爸爸？”

“我没有爸爸。”她说，“他不是我爸爸，七岁那年，他把我从孤儿院领回家里……”

这是我第一次听七七说她的故事，我屏住呼吸，生怕错过任何一个字。

“他真的很有钱，他给我一切，却好像一切都没有给我。我恨他，却又好像从来都没有恨过他，这样的生活实在是太累了，所以，我只有选择离开，你知道吗？我走了，他就不会累了。这样对我们大家都好。”

“可是，这只是你一厢情愿的想法，你有没有想过，他在等你回家，在日日夜夜为你担心，期待你会出现，你有没有考虑过他的感受呢？”

“你是在说你自己吗？”她是这样冰雪聪明，“我和他之间，和你跟你女朋友之间，是完全不一样的。”

我住嘴。

反正她已经上了火车，我不能得了便宜还卖乖，万一她使起性子来要跳火车，我就什么办法都没有了。

她提醒我：“说好了，你送我回去，还要领我回来，你不能说话不算话！”

“是。”我说。

“林南一，你是怕我跳火车吧。”她说完，哈哈大笑起来。

这个破小孩，我迟早要收拾她。

我们下车后，发现出站口已经有两个美女在守候，七七看到她们，懒懒地说：“嗨！”算是打过了招呼。

“是林先生吧，”年轻的那个落落大方地先开口，“谢谢你把七七送回来，我是优诺。”

“应该的。”我说。

“我们走吧。”年纪大一些的那个人对七七说，“你该回家了。”

“林南一。”七七回头喊我，“快走啊。”

我站在那里没动，把七七交回给她们，我是不是就算完成任务了？

“你不能说话不算数！”七七说，“你信不信我现在就买张票又出走？”

“好了，七七。”优诺说，“我们还要请林先生去你家喝杯茶呢，你说对不对？”

七七说：“林先生，请别忘记你昨天说过什么。”

“好吧。”我耸耸肩，“恭敬不如从命。”

开车的人是那个年长一些的女人，我猜，她一定是七七的继母，年轻的继母和青春期的孩子，注定会有一场又一场的战役。七七和我坐在后座，一路上她都没有说话。前面的两个人也没怎么说话，真是沉默的一家人。

我预感到有些不妥，或许我刚才应该坚持离开。我又不会搬家，七七如果愿意，可以随时回来找我，不是吗?

抱着到七七家小坐一下的心态，我来到了她的家里。她家住的是别墅，很大的房子，看上去像个小小的城堡。七七进了门，鞋也没换，就大声地喊:“伍妈，泡杯茶来，家里有客人!”

她又转身拖着我说:“林南一，快进来，不要扭扭捏捏的。”

我跟着她进了屋，身后的两个女人也随之跟了进来。

“伍妈!”七七朝着楼上大声喊，“叫你泡杯茶来，你没听见吗?”

屋子里很静，楼上没有任何回音。

七七调转头，用疑惑的表情看着站在门边的两个女人。

那个叫优诺的走上前来，对七七说:“七七你先坐下，林先生你也请坐下，我去给你们泡茶。”

七七一把拉住优诺:“伍妈呢?”

答话的人是站在门口的那个女人:“伍妈走了，回乡下了。”

七七看着她，再看看优诺，脸色已经慢慢地变了。然后她轻声说:“你们骗我，伍妈怎么会走? 她不会走的。”

站在门口的女人已经转过身，靠在墙上开始哭泣。

优诺过来一把抱住七七的肩膀:“七七你听我说，你爸爸他去世了，我们一直找不到你。”

“你撒谎!”七七一把推开优诺跑到楼上，她急促的脚步声迅速地穿过走廊。

“林涣之!”她踢着不知哪一扇门，“你不想见我，是不是? 你躲着我，是不是? 你给我出来! 出来! 你千方百计地把我找回来，躲着我干吗？出来……”

她的声音慢慢带上哭腔，她仍在一脚一脚用力踢门，声音却越来越沉闷。

我看见优诺也冲上楼去。

我完全没想到，会是这样一种状况。我这个陌生人，傻傻地站在七七家宽大的客厅里，手足无措。我也想跟着上楼，门口的那个女人却已经擦干眼泪，招呼我说：“对不起，您请坐。”

我傻傻地坐下了。

“我叫麦子，”她说，“是七七的医生，这些天，七七一定给你添了不少麻烦吧？”

我摇头，虽然她给我添的麻烦确实不少，可是这一刻，我全想不起来，我只记得雨夜她蜷在我沙发旁的样子，那时候的我和她一样孤独。其实说到底，真的说不清是谁安慰了谁。

所以，怎么能说她给我添麻烦呢？这不公平。

我指指楼上：“确定七七没事，我就离开。”

“谢谢你送她回来。”麦子说，“请把你的银行卡号留给我，我会很快把钱汇过去给你的。”

我涨红了脸：“我不是这个意思。”

她轻咳一声：“这是林先生的意思，不管谁把七七送回来，这都是他应该拿到的报酬。如果您拒绝，我们会很难办。”

我注意到她说的是“林先生”，她念这个词的时候像一声叹息，声音里蕴满温柔和惆怅。

除此之外，她说话总是绵里藏针，显然是个厉害角色。

我对她忽然没什么好感了。

“谢谢，”我生硬地说，“但是收这个钱违反我的原则，七七是我的朋友，你必须明白这一点。”

“好吧。”她聪明地说，“这个我们改日再谈。”

“我想去看看七七。”我说，“方便吗？”

“不用，她下来了。”麦子忽然看向楼梯口。

她果然下来了。可是下来的这一个，已经不是我送回来的那个七七了。她走路的时候膝盖伸得笔直，像个没有生命的木头人，从楼梯上一步步挪下来，优诺跟在她身后，一直不停轻轻地唤：“七七，七七。”她冷漠得像没听见似的，自己慢慢走到楼梯口，似乎想了想，慢慢坐下来，头埋在两膝之间。

我以为她会哭的，可是她没有，她只是保持着那个姿势，那个姿势充满疼痛和庄严的意味，我不敢靠近，是真的不敢。

其他人也和我一样。

优诺用求助的眼神扫过我们每一个人，我能感觉到她对七七的疼惜和此刻的焦灼，但是我真的无能为力。当七七做出这个姿势，她是要把自己封起来，任何人都没办法进去。忽然，她起身跑出门，在院子里找了个水壶，接上水后又跑回客厅，给客厅里的一盆植物浇水。她的动作一气呵成，背对着我们，我看到她的肩膀一耸一耸，显然是在哭泣。

麦子想走上前去，被优诺一把拉住。

整个房子里静悄悄的，就听到七七浇水的声音。

麦子对优诺说：“我打电话给 Sam。”

“不许！”七七忽然转头，拎着水壶大声地说，“你们都走，我想一个人静一静。”

我条件反射一样，第一个站起身来。

“林南一，你留下好吗？我想让你陪我。”七七忽然换了一种口吻，请求似的对我说。

我走近她：“好的，七七，如果你需要，当然可以。”

“我想上楼去躺会儿。”她拉住我的手臂。

“好。”我接过她手里的水壶，把它放到地上，“我陪你。”

我扶着她上楼，能感到优诺和麦子的目光粘在我背上。一个年轻男人，一个刚成年的少女，这样的景象很引人遐想。

不过我也管不了这么多，我只知道，七七需要我，此时的我不能离开。七七的全部重量压在我的胳膊上，我连拖带扶把她送进卧室，扶上床。

“好好休息。”我说，“如果想哭，就哭一场。”

她摇摇头，我看向她的眼睛，果然是没有眼泪的。

“你说他要躲到什么时候呢，林南一？”她仰着脸问我，神情纯白得让我不安，“他总要出来见我的，不是吗？”

“你的脚都肿了。”我慌乱地说，“我叫你的医生来给你看看。”

“不许！”她在我背后大声命令我，“我不想看到她！”

“好吧。”我说，“那你休息一下，可好？”

她瞪大眼睛看着我，忽然开始哭起来，哭声一开始小小的，然后越来越大，越来越大，直到不可收拾。她们冲上楼来，麦子用责备的眼神看着我，我只能用无辜的表情回应她。七七哭得太厉害，谁也不理，接近神经质。我看到麦子拿出针管，在她胳膊上打了一针。

她抗拒了一小下，终于屈服。药物很快起了作用，七七慢慢平静，然后便睡着了。麦子检查了她的脚踝，说:“还好，只是有点淤血。不碍事。”

我忍不住问:“你们给她打了什么针?”

“镇静剂。”麦子说。

但我发现她睡得很不安稳，睫毛还在一抖一抖地颤动。

“我想守着她。”我说。

“林先生，她一时半会儿不会醒。”优诺说，“时间不早了，您一定饿了，我们下去吃点东西，你再上来，可好?”

也好，我觉得我也有必要跟她们好好谈谈，不然，我怎么可以放心离开?

她们叫了外卖，没有七七的一顿晚饭，我和麦子、优诺三人食不甘味。

“林先生买的什么时候的票?”麦子礼貌地问我。

“还没买，随时可以走。”我答。

优诺说:“林南一，可以告诉我们七七这些天都在做什么吗?”

嗯，好像是很长的故事，又好像没什么好说的，我都不知道该从何说起。

优诺对我笑了一下，她笑的时候眼睛弯弯亮亮，给人一种很舒服的感觉。我实话实说:“说真的，我没想到事情是这样子的。如果我知道，我一定会尽早送她回来。”

麦子问："可以知道您是做什么的吗？"

我觉得我有义务回答她，于是我又实话实说："我做过音乐老师，现在在开酒吧，玩乐队。"

"我在大学里也参加过乐队，"优诺说，"本来是想当吉他手，可是实在太难了，学不会，只好当主唱。"

"这里有客房。"麦子说，"林先生要是不介意，可以在这里住一夜。明天我送你去车站。"

"不用麻烦。"我说。

"而且你现在也不能走。"麦子说，"我怕七七醒了会找你，你不在，她会闹。"

看来这个叫麦子的，对七七真不是一般的了解。

"麻烦你了，林先生，您就好人做到底。"她说得有礼有节，我没法拒绝。

最重要的是，我也放心不下七七，我必须看到她好好的，才可以放心地走。所以，留一夜就留一夜吧，这也不是什么难事。

想到这里，我点点头。

"谢谢。"麦子很客气。

"哪里的话。"我说。

吃完饭，麦子引我进了客房。我想想也没有什么可做的，洗完澡，就直接上床睡觉了。

七七家的客房真大，陈设一丝不苟，电视机、冰箱、写字台一应俱全，床头甚至摆着几本旅行指南和列车时刻表，这哪里是家，这是某家酒店的豪华商务间。

可怜的七七，原来在这十年的时间里，她都是住在酒店。

我生就一条贱命，在豪华的地方总是睡得不安稳。睁眼看着天花板，我甚至能感觉到这个即将被遗忘的地方所散发出来的一波又一波的气场。

这是一所有故事的房子。

只是，曾经发生过的那些故事，随着主角的离开，已一一散场。

七七会不会算是主角之一？我这样胡思乱想时，门被轻轻推开。

太轻了，我有点头晕，应该是在做梦吧。

窗帘里能够透进来一点点月光，借着这点光，我能看得清，七七穿着白色睡衣，慢慢地走到我的床边。

“林南一，”她唤我，沉静而尖锐的目光冰凉如水，“你是不是要走？”

“是。”我点头承认，“七七，我总是要走的。”

她不点头，也不摇头，慢慢在我床边坐下来。

她那样坐了很久。

夜静得我可以听见自己的心跳，一下，一下，每跳一下都微微地疼。那一刻我真想拥抱她，告诉她有我在就什么也不用怕，可是我甚至不敢打破这沉默。

是的，我害怕，我害怕只要稍有不慎，她就会像影子一样消失，我将再也不能靠近她。

终于，我看见她起身拉开门，然后细细的脚步声便在走廊里响起来。

我光着脚追出去的时候，她正趴在一扇推开的门旁边向里张望，姿势诡异得像个幽灵。

天哪，她在干什么！

“七七！”我又痛又怒地冲上去，一把抓住她的胳膊，“不要再找了！这里面没有人，他死了！林涣之已经死了！”

“不可能！”她发疯似的甩开我，“我还没有原谅他，他怎么会死？”

“你不信，你不信是不是？”我拖着她，一扇一扇推开所有的房门，打开所有的灯，“你好好看清楚！他不在这里！他永远不会再回来了！”

“不可能。”七七闭上眼睛，捂住耳朵哭喊，“不可能！”

当所有的房门都被我推开，当她终于意识到房间里确实空无一人，她的声音渐渐低了下去。

她颤抖着说：“怎么会这样？我都还没有原谅他！”

我轻轻地抱住她。

“去睡吧，七七，”我最终没主意地苍白地说，“明天又是新的一天。”

她居然回应我：“一天过去还有一天，林南一，我累了，不想再继续了。”

这话听着不妙，我担心她还会有别的举动，但她只是一步一顿地走回了自己的卧室，关灯，然后夜晚重归沉寂。

可怜我却不敢再合上眼，竖起耳朵听着周围的一举一动，如果因为我的疏忽让她受到伤害，我将永远不能原谅自己。于是我又走到她门前，敲门。门很快就开了，她原来一直就站在门后。

“我知道你不会不管我。”她说。

我心疼地搂她入怀。

“我要你陪我。”她像个孩子一样。

“好。”我说，“你睡，我陪着你。”

她用手绕住我的胳膊，慢慢闭上眼睛。

很大的房子里，我好像听到哪里有滴水的回响，不知道这个房子里住着哪些人，不知道他们会做着什么样的梦，在这陌生城市的陌生夜晚，只有七七的呼吸声让我感觉安心。

希望明日醒来，她一切安好。

接受失去的疼痛，面对孤单的日子。七七，或许，这就是我们的宿命。

CHAPTER 9

失忆

一整晚我都待在七七的房间里。她睡在床上，我趴在床边，中途感觉有人打开门来看过，但我已经完全没力气起身。折腾成这样，早晨的第一缕阳光还是把我刺醒了。我打开门，正好看到麦子，她疲倦地朝我微笑："昨晚没睡好吧？"

看她的样子，估计才是真正的一夜没睡。

"还行。"我说。

她朝里看看："她还在睡？"

"是的。"我说，"让她多睡会儿吧。"

"嗯。"麦子说，"早饭我已经买好，您下去吃点？"

我点点头。

和麦子刚走到楼下，门铃就响了起来。麦子去开门，迎进来的是一个三十多岁的男人，刚进门就问："七七怎么样？"

麦子说："就是情绪不太稳定，所以只好请你来。"

“哪里的话，”他转头看我，“这位是……”

“这是林先生，七七的朋友，七七出门在外，多亏他照顾。”

他虽然面带微笑，却用锐利的眼光看我，看了我大约三秒钟，才朝我伸出手说：“叫我 Sam，我是七七的心理医生。”

她们到底还是叫了心理医生。

她们到底还是把她当作病人。

我们在客厅坐下，他第一句话就问我：“七七和你在一起，都说过些什么？”

我摇头。

“没提过她的家庭？”

“没有。”

“没提过她的过去？”

“没有。”

“没有任何过激行为？”

“有。”

“什么？”

“我一定要告诉你？”

“为了七七好，那是当然。”

“好吧。”我说，“她试图自杀。”

“几次？”

“两次。”

“为何没出事？”

“第一次被我朋友发现，第二次我想跟她一起死，结果就都没死成。”

“你为何想死？”

我的耐心已经到了极限，我从沙发上站起来：“对不起，时间到了，我该回家了，相信你们能把七七照顾好，如果有需要我的地方，可以随时来电话。”

也许我有偏见，但我就是看不惯优诺和麦子把心理医生看成仙丹，在我的概念里，他们就是一帮江湖骗子，有且仅有的本事就是用一些玄乎其玄又没有什么实际意义的新名词来挣你的钱——挣得还不算少。

如果七七真有什么病，为什么她跟我和怪兽还有张沐尔在一块，能过得好好的？那两次所谓的“过激”行为，也都是和她的往事有关，不是吗？

或许这些人才是她真正的病根！

“Sam 是我多年的朋友，”麦子似乎看出我的心思，“七七也很信任他，他是七七唯一能吐露心事的陌生人。”

“那我就放心了。”我多少有些无奈地说。

“如果要走，还是跟七七道个别吧。”麦子说，“然后我送你去车站。”

“也好。”我说。

我们三人一起走上楼，麦子推开门的那一刹那，我们没有看到七七。找了半天，才发现她缩在屋子里最黑暗的一块角落，用垂下来的窗帘裹着身体。

“七七！”麦子喊，“你干吗蹲在那里？”

七七的回应是用窗帘把自己裹得更紧，只露出一张脸，戒备地盯着我们。

Sam 走上前去，要把窗帘拉开，七七开始尖叫："不要！"

但 Sam 没理，窗帘被他硬生生拉开来，阳光霎时透进整个房间，七七捂住自己的脸，无助地蹲在那里，像只受伤的小兽开始呜咽。

"够了！"我一步上前，把窗帘整个拉起来，房间里再次陷入半黑暗状态，七七跳起来，抱住我不肯松手。

"没事了。"我安慰她。

她却又推开我，用疑惑的眼睛看着我，问我："你是谁？"

我小声答："我是林南一。"

她歪着脖子问："林南一是谁？"

我的天哪。

麦子走上前，拉住她说："七七，来，Sam 来看你了。"

"你是谁？"她茫然地问麦子，"Sam 又是谁？"

麦子惊慌地说："七七你怎么了，你到底怎么回事？"

Sam 给我们做手势，示意我们先出去。

这个时候，还是听医生的比较好。我和麦子出门后，她疾步抢在我前面下了楼，我到楼下的时候，看到她红肿的眼圈。这个女人到底在林家扮演着什么角色，我猜来猜去猜不明白，但她身上自有她的磁场，让人忍不住想要继续对她猜想下去。

我们在楼下担忧地坐着。没过一会儿优诺也来陪着我们坐。麦子跟她说起七七的现状，优诺拍拍她，安慰道："没事，会过去的。她可能只是一时无法接受这个事实罢了。”

麦子叹息:“在的时候整天吵啊吵，现在……”

她说不下去，一句话咽回肚子里，满目心酸。优诺轻轻拍着她的手臂，眼神里充满关怀和安慰。

看得出，她们都是真心关心七七，相比之下，我始终是个路人，却也无法轻易说离开。也许这一切只因为，和七七相依为命的那些日子，早已经在我心里刻下烙印挥之不去了吧。

好几次我都想起身离开，却总是不忍，再等等吧，等到七七安好的消息，我才能走得安心。就这样心急火燎地又过了一个钟头，Sam 终于下楼来，脸色让人捉摸不定。

麦子问他:“怎么样?”

他回答:“难讲。”

“什么叫难讲?”优诺在一旁问,“她到底怎么了?怎么会忽然不认得人了?”

“很难说她是不是真的失忆,”他耐心地说,“这和遭受外在伤害比如撞击造成的失忆不同，七七的情况更多是心理上的障碍，她不是想不起来，是不愿意去想。”

“有没有什么办法?”优诺问,“你有没有把握治好她?”

Sam 摇头:“这样的事很难说有什么绝对的把握，我们需要的是多一点耐心吧。看来她父亲的死，对她的刺激实在太大。”

“我想去看看她,”优诺说,“可以吗?”

“好的。”Sam 说,“其实她刚才跟我说了很多话，虽然听上去有些乱，但是我想她需要人和她谈心。”

“那我去！”优诺听罢，立刻上了楼。

一分钟后，我们听到七七的尖叫声。我和麦子不约而同地冲上楼去，只见七七顺手抓起一个靠垫就扔向优诺，声嘶力竭地喊：“滚，都给我滚出我的房间，都给我滚！”

我站在那里，看着完全失控的七七，心痛得不得了。

优诺要过去抱七七，被她一脚踢开，优诺再去抱，她便俯下身要咬她的肩膀，麦子见状又准备给她打针，我失声喊出：“不要！”

麦子回头看我，七七随着她的眼光看过来，看到我，她奇迹般地忽然镇定下来，轻声说：“林南一，是你吗？”

她认得我，她喊得出我的名字！

我差一点要掉眼泪，上前一步：“七七，是我，是我。”

“是你。”她靠着我，整个身子都倒在我身上，很累很累的样子。

“是我。”我说，“你记起来了，是吗？”

“是你刚才告诉我的。”她说，“我觉得我认识你。”

那一天，我又没有走成。因为事实证明，什么都不记得了的七七，唯一能叫出的，只有我的名字。张沐尔打电话给我，我告诉他不行，我走不掉。他好像生气了，口不择言地说：“富商的女儿就那么吸引人吗？”

我挂了电话。

十分钟后我接到他的短信：“那个小姑娘对你来说，真的比什么都重要？”

我想了想，为了避免他再纠缠，干脆回过去：“是。”

因为我肯定不能走。连心理医生 Sam 也这么认为，他说我可能是唤起七七记忆的钥匙，所以我必须每天保持在她眼前出现几个钟头，不管有用还是没用。

大概是为了双保险，他们还召来了另一把钥匙，她叫作暴暴蓝。

我记得她，她就是那个写《小妖的金色城堡》的少女作家，那本不知道讲了些什么却风靡网络的畅销书，我记得七七一口气买了一百本。

书里的彼七七，应该不是此七七。

此七七是不可复制的，她深入骨髓的孤独，桀骜不驯的眼神，没有人可以像她。

尽管我对一个少年成名的女作者的飞扬跋扈已经做了充分的想象，但暴暴蓝出场的时候那股拉风的劲头，还是让我的想象力自愧不如。

她居然是开着一辆宝马 mini 来的，我看见她把车停在院子里，然后下车使劲地和优诺拥抱。

“七七怎么样？”她急切地问。

“在睡觉。”优诺说，“不过她好像什么都不记得了，希望她会记得你。”

这位暴暴蓝小姐点点头，松开优诺，然后转身不客气地打量着我。

我也不客气地打量她，她穿着看上去很昂贵的牛仔裤，韩版的套头衫，头发乱蓬蓬有些发黄，眉眼大大咧咧地透出一股凌厉之气。我不能不承认，她也很漂亮，但是这种漂亮，抱歉，不在我欣赏的范畴。

“你就是传说中的林南一？”她抱着双臂问我。

“是。”我谦虚地答。

“七七出走的这些天，都是你跟她在一起吗？”

“是。”我已经习惯了他们的盘问。

“那么，请你告诉我，你为什么现在才把七七送回来？”

“如果你不学会有礼貌地说话，我不会再回答你任何问题。”

她愣了一愣。

“我认识你，”她举起一只手说，“有些事，咱们待会再聊。”然后她转头对优诺说：“我想去看看七七。”

她们一行人浩浩荡荡地上了楼，我不想凑热闹，独自留在客厅，顺手拿起一本杂志。

这是一本音乐杂志，等等，“实力新人周杰伦”？封面崭新，日期却已经久远。

不知道从什么时候开始，这所别墅的时间已经停滞，像一座失去了记忆的古堡。

没过多久，有人走过来一把把我手里的杂志抢下。这么没礼貌的，除了那位暴暴蓝小姐，还能有谁？

我无可奈何地叹口气，她意欲何为？

“我在A市有很多朋友。”她坐到我面前，直视着我的眼睛，像在审犯人。

"嗯哼。"我说,"看出来了。"

"他们在七七出事以后查遍了每一间医院。"

"你去问问他们有没有查A大的校医务室?"

第一回合较量,林南一胜出。

只是,她有什么资格盘问我?

"七七的情况很不好。"她又说。

"我知道。"

"你为什么被学校开除?"

"请注意,"我提醒她,"我是辞职,不是被开除。"

"差不多的,不是吗?"她嘲讽地看着我,"怎么回事,你和我都清楚。"

看来她在A市的确有不少"朋友"。我无力争辩也不想争辩,是怎么样,我自己心里清楚。

第二回合较量,暴暴蓝胜。

"你现在没有工作,管理着一家生意很差的酒吧。"她乘胜追击,"你很缺钱。"

"有话请直说。"我不是傻子,已经明显听出她语气里的敌意,当然也明白她的潜台词。

"我在麦子那里看到了七七这些日子的账单。"她不客气地说,"她在你那里花了不少钱,是不是?"

接下来的话我可以帮她说下去:林南一,你很需要钱,而七七很有钱,所以你才迟迟不肯送她回来,对不对?

她的眼神已经在这么说,这种眼神里充满不屑和轻蔑,那一刹那我明白，她已经把我定位成一个为了钱不择手段的小人，接下来，我的每一个举动，都只会更加证明我就是那种人。

认识到这一点，我就懒得和她争了，起身往楼上走。

“你去干什么？”她在我身后警觉地问。

“去看看七七。”我说。

“你去看也没有用。”她尖锐地说，“她已经不认识任何人了，我想，也包括你。”

“你肯定？”我实在忍不住刺激她，“是否她如果记得就算我赢？”

“你以为你会赢？”她反唇相讥。“你把自己看得有多重要？记住，我和优诺是七七最好的朋友！你了解她什么？你能给她什么？在这里，”她用不屑的眼神画了一个大大的圈，“你完全多余，明白吗？”

“你凭什么说我不了解她？”我气得够呛。

暴暴蓝把下巴抬得很高：“那你告诉我，她的生日是哪一天？”

我哑口无言。

后来我才知道，七七的生日是十二月三日。

那一天没有电闪雷鸣，也没有天降瑞雪，也没有任何的突发事件，我已经完全记不起我们当天在干什么，多半是我在酒吧唱歌，她在家里上网，吃一份简单的外卖，没有蛋糕，也没有蜡烛。

她居然就那样默默无声地与我度过了她的成人礼。

暴暴蓝说得对，我了解她什么，又能帮她做什么？

我忽然很灰心。

暴暴蓝得理不饶人，还给我做了个“洗洗睡吧”的表情。正好 Sam 推门进来，我趁她们七嘴八舌跟他聊“病情”，独自跑上楼看七七。

那一天的发作之后，她变得吓人的安静，整天穿着睡衣在房间里，不说一句话。

我进去的时候，她沉默地站在窗前，好像一夜之间瘦了很多很多，宽大的睡衣在身上飘来荡去，看见我，她还懂得用眼神招呼一下，但眼神空茫，丝毫看不出悲喜。

我和她并排站在一起，风吹着她的长头发扫过我脖颈。

“七七，”我说，“为什么我没有早一点遇见你？”

她用询问的目光注视我，我继续低低地说：“我多希望，可以在很久很久以前遇见你，那时候你还是小孩子，什么也不懂，我还有机会保护你，还有机会让你健健康康、单纯快乐地过一辈子。”

我知道我说的话很肉麻，也知道，她可能不会听见，不会明白。但我还是忍不住要说，不说我会闷死，难过死。

但是，说了就会好些吗？她不为所动，只是沉默地看着我，她黑黑的眸子深不见底，让我心慌。

“七七。”我说，“你听好，我要走了，不过，你随时都可以打我电话，或者是回去找我。”

“是吗？”她转头问我。

“是的。”我在她的房间里找到一张白纸，用笔写下我的手机号码，压在她的书柜上，“这是我的电话，我放在这里。”

“林南一。”她清晰地唤着我的名字，“这些天都是你陪着我的，对吧？”

“是。”我说。

她很费劲地想了想，说：“为什么我们会在一起？”

“那天晚上，你救了我。”我说。

“是吗？”她忽然微笑，“这么说我还是一个英雄？”

“那当然。”我说。

“好吧，林南一。”七七说，“如果非要走，就一起吃顿晚饭吧。”

“不必客气。”

“一顿晚饭而已，说不定以后，我们再也不会相见。”她看着我，轻柔的语气让我心碎。

说不定以后我们再也不会相见。

图图是否也是这样，在某个远方，忽然失忆，忘掉我们曾经有过的所有欢乐。我们曾经拥有的一切是否都会这样，在某一天某一刻忽然消失，如坏掉的钟，再也走不回最美好的时刻。

那天晚上七七带着我们去了“圣地亚”，是一家不错的西餐厅。同去的人有麦子、优诺、暴暴蓝，还有Sam。

我始终感到尴尬，感觉所有人看我的目光犹如利刃，我只能把自己当透明人。不管有多难，我都会陪七七吃完这最后一顿饭，纪念我们的相识。

话最多的人是Sam。但是响应的人并不多，整个饭局显得沉闷而尴尬。七七忽然用叉子敲敲桌边：“我有一个问题。”

“你说？”优诺鼓励地看着她。

“我家那栋房子是谁的？”她问。

麦子犹豫地答：“以前是你爸爸的，现在当然是你的。”

“哦。”七七低下头，像在考虑什么，所有人的心都提到嗓子眼，包括我在内。

“我不喜欢它，”她终于冷冷地说，“我要把它卖掉。”

“七七，不要这么任性！”优诺忍不住出声责备。

七七用诧异的眼光看她：“你凭什么发言，我跟你很熟吗？”

“七七，为什么要卖房子？”麦子耐心地说，“你如果不喜欢住在这里，可以再买一处啊。要知道，你有足够的钱。”

“我有必要跟你解释吗？”七七用手指一指我，“你马上去给我找人来看房。”

“跟我无关吧！”我气恼地喊出来，胡闹也应该有个限度。

“我帮你找。”麦子冷静地说，“林南一对这里不熟。”

“好，谢谢你。”七七面无表情，“我希望尽快。”

“明天，”麦子说，“你好好吃点东西，行吗？”

“好，”七七终于满意地说，“最好不要让我等太久。”

暴暴蓝重重地哼了一声，讽刺的意思很明显。我担心这两个问题少女会打起来，但是还好，七七似乎没有听见，暴暴蓝也陷入沉默。

“这里的西餐不错，我以前常来吃。”七七忽然说。

一桌子人都看着她。

“你们看着我干吗？”她说，“都吃吧，吃饱了再慢慢跟我介绍，你们各自都是何方神圣，OK？”

暴暴蓝忽然就把面前的盘子一掀。

“你脾气不是一般的坏。”七七评价她，“或许你是我同父异母的妹妹，有没有分到遗产？”

我心情再坏也笑了出来。

“笑你个头！”暴暴蓝趁势把气出到我头上，“你的账我还没跟你算呢！”

“他有账吗？”七七说，“如果有，都算到我头上来好了。”

什么乱七八糟的！

“林南一。”七七又发话了，“你今晚不许走，等我明天卖完房子你再走，不然我要是被人骗了，谁替我做主？”

“那就别卖。”说话的人是 Sam。

“你又是谁？”七七说，“我拒绝和你们谈，我要和律师说话。”

“我就是律师。”Sam 说。

七七冷笑着说：“你明明是医生。”

“够了！”暴暴蓝说，“我受够了！”说完她起身走掉。但在她起身的时候，我却分明看到她眼角的泪水。

都是爱七七的人，这又是何必。

那晚我又没走成，因为吃完饭七七点名要我陪她出去走走。

走走就走走。

我想起七七的话，也许以后我们再也不会相见。忽然悲从中来。我一直都是一个这样脆弱的人，活该受这些折磨。

我陪她走到半夜，然后送她回家。她伸出柔若无骨的小手，拉着我上楼，就这样一直到了她的房门口，她继续拉着我，一直把我拉进她的房间。然后她说：“很抱歉，你昨晚一定没睡好，我一会儿请人搬个沙发来我房间，好吗？”

“三万八的吗？”我尝试着问。

她用大眼睛看着我，不说话。

我走近她，双手放到她的肩上：“听我说，你得勇敢些。你爸爸已经走了，我知道你心里很难受，但你必须接受这个事实。”

她很费力地想了想，然后说：“我很想知道我过去是什么样子，你可以告诉我吗？”

“很抱歉。”我说，“我们认识的时间不长，你应该去问优诺，或者麦子，或者暴暴蓝，或者 Sam。”

“不。”七七坚决地说，“我不会去问他们。”

“为什么？其实我能感觉到，他们是真的很爱你。”

“就算是吧。”七七叹息着说，“可是都过去了，我也都忘掉了，有何意义呢？”

我哄她：“你累了，先睡吧。”

“那你呢？”她问。

“我陪你。”我说，“不用搬沙发了，我在椅子上睡就可以。”

“那随便你吧。”她打了个大大的哈欠，“我真的累了，晚安，林南一。”

“晚安，七七。”

我没有食言，又守了她一夜。早上醒来，发现身上盖着被子，可是七七仍在安睡，如果不是七七，给我盖被子的人到底是谁？

我忽然感觉到一丝暖意。

麦子言而有信，一大清早，她就找来了一个房产代理人。当然，这和房子本身也有关系，麦子说："建的时候花了三百万，现在升值了五倍不止，而且门前马上要修商业街，再升值多少，都很难估计。"

"那么现在出价多少？"那个西装革履的小子彬彬有礼地问。

麦子看向七七。

"你姓什么？"七七问他。

"姓陈。"

"你有三百万吗？"七七说，"我看你的熊样，连三十块都不一定拿得出。"

可怜的房产代理人看看麦子，气愤地摔门而出。

一个上午，七七赶走了三个来看房的人。

"她不是存心要卖。"麦子最后生气地说，"她只是借机发疯。"

而所有的人，除了看着她发疯，居然什么都不能做。

等七七噔噔噔冲上楼后，麦子整个人陷进沙发里，疲倦地用手捂住脸。

"这栋房子是林先生亲自设计的，"她的指缝里透出声音，"里面很多东西都是他的心爱之物。如果真被七七卖掉，简直不知道该如何收场！"

"你可以阻止她。"我说。

"不行，"她讲，"我们都是外人，如何干涉？林先生把一切都留给她，这是她的权利。"

我吃惊，从来没见过这样溺爱女儿的父亲，更何况，他只是她的养父。

我忽然觉得，这一切都不对。从一开始就不对。他不该给她一切他认为好的东西。他越是给，她只会觉得他越不在乎。

她想要的，也许一直都没有说出口。

当天下午，又有买主来看房。

只是那人我很看不上眼，一看就知道是那种没多少文化的暴发户，看着屋里的一件件陈设，眼睛瞪得老圆。

“这些东西卖不卖？”他就差没有掉口水。

“卖，”七七说，“你开个价。”

他开出来的价格让我都觉得恶心，五百块就要买走一只古董花瓶。

七七居然说：“没问题。”

暴发户开心得嘴都合不拢，一路看一路买，恨不得连痰盂都买走。最后他停在一幅画面前，是齐白石的一棵白菜，画得云卷云舒，沉着俊逸，一看就知是佳作。

那幅画挂在客厅最显要位置，应该是林涣之的心爱之物。

“这个我也要买。”他觍着脸说。

“这个不卖！”麦子终于喊出来。她目光灼灼地看着七七，眼神里终于有了真实的愤怒和疼痛：“七七，这是他最心爱的东西！”

七七说：“你开个价。”

“……八千。”暴发户喜滋滋地说。

那一刻，我在麦子的脸上真的看到了绝望。

“你不如去死。”七七平静地说，“买的时候花了十二万。”

“我出一万！”他还不知死活。

七七沉着地命令他：“滚出去。”

暴发户没有反应。

“滚出去，滚出去！”七七忽然暴怒，“你给我滚！”

暴发户好像也怒了，一副张嘴要骂人的样子，我赶紧架着他的胳膊把他推出了门。

做完这一切回来，七七站在楼梯上，直直地看着麦子，神情捉摸不透。

“这个送给你。”她忽然指着那幅画对麦子说。

“七七……”看得出来，麦子完全不知道该说什么。

七七就像没听见，转身上楼，这时候一个人冲到她面前，使劲一推，七七一个踉跄坐到地上。

是暴暴蓝。她的身后，跟着惊慌失措的优诺。

“叶七七！”暴暴蓝指着七七的鼻子，“你到底要装到什么时候？”

“别这样！”优诺去拖暴暴蓝，暴暴蓝用力挣脱。

“优诺你没有听到吗？”暴暴蓝失控地喊，“她其实什么都记得！她甚至记得那幅画的价钱！”

七七慢慢站起来，脸色平静得吓人，没有伤心，也没有愤怒。

“你搞错了，”她缓缓说道，“我不认识你。”

暴暴蓝也一动不动地看着她，神色里有伤心也有愤怒，眼泪在她眼眶里转悠，但她忽然抡起胳膊，往七七脸上狠狠抽了一巴掌！

“这是替所有人打的！”她尖叫着，“叶七七，你这个冷血动物！你给我醒来！醒来！”

这一下实在太突然，所有人愣在原地，七七面无表情地后退一步，这样子更激怒了暴暴蓝，我冲上前死死抓住暴暴蓝再次举起的手。

“你疯了！你给我住手！”

“你管不着！你算老几？”暴暴蓝挣扎着，反手给了我一肘子，撞在我肋骨上愣生生地疼。

“我算老几？”我也豁出去了，“你又算老几？你敢打她？别以为我不敢揍你！”

“住手！”优诺喊道，她也是一副心力交瘁的模样，“大家都是为了七七好，你们吵成这样，像什么样子？”

“为了七七？”暴暴蓝大声冷笑，“他为的是什么还不清楚呢！”

“你们都闭嘴。”七七用手捂住脸，眼睛却看着我，“她说得对，我就是冷血动物，我不需要你们任何人为我做任何事。”

“现在，我只求你们让我安静。”

她说完这一句话就上了楼，不再理会我们，之后楼上便是死一样的沉寂。

我们打成这样，鸡飞狗跳，除了让自己丢脸之外，没有任何意义。

我忽然心灰意冷。

暴暴蓝趴在优诺怀里抽泣，好像挨打的是她自己。

我起身告辞。

这是我唯一的选择。

只愿七七记得我放在她书柜上的那个号码，不管她是不是能够恢复记忆，有一天，她还能凭着它给我打一个电话。或者不忙的时候，还能来探访一下我这个老友，足矣。

我们有过相遇，但终究要回到各自的生活。

我亲爱的七七，再见啦，就此别过。

但上帝知道，我会一直记得你。

CHAPTER 10

真相

我选择悄悄离开，没有跟任何人道别。

我打车到火车站，买了夜里十点的火车票，离发车还有一些时间，不过我很累了，哪里也不想去，躺在候车室的椅子上很快便进入了梦乡。

梦里，我的电话一直在响。可我每每刚接起就被挂断，不知道是谁。

醒来的时候我发现电话真的在响，一看显示屏，竟是优诺，我的第一反应是七七出事了，慌忙接起来问:“七七又怎么了？”

那边在笑:“她没事，林先生你走了吗？”

“是的。”我松口气，“我在车站。”

“这时候应该只能买到晚上十点的票了吧。”她说，“你要是愿意，我请你吃晚饭，你在车站门口等着就可以，我打车去接你。”

“不必了。”我说，“我一个人在这里坐坐就好。”

“你别介意。”优诺说，“暴暴蓝并无恶意。”

“哪里的话。”我说。

“谢谢你，坦白说，七七遇到你真的很幸运。”

她的声音听上去很真诚，于是我也很真诚地答道:“不用客气，有事可以随时给我电话，我手机二十四小时不关机。”

“好。”她说。

我挂了电话继续睡，不知道又睡了多久，直到被人拍醒，我睁开眼睛一看，竟是优诺，她把一个白色的塑料袋往我面前一放，说:“饿了吧，我给你带了吉野家的快餐，你对付着先吃点。”

“你怎么来了？”我问她。

“你不肯出来吃饭，我怕你饿啊。”她微笑着说，“找了半天才找到你，原来你躲在这里睡着了。”

我第一次注意到她的微笑，才发现这个世界上原来有这么美丽的微笑。

“这两天确实累得够呛。”我坐直身子，打开快餐盒，香味扑鼻而来，我顿时食欲大开。其实这两天除了没睡好，也完全没吃好，这样的快餐对我而言已是无上的美味。

优诺替我拧开矿泉水的盖子，把水递给我。

“你是七七的姐姐吗？”我问她。

“不是。”她说，“我说过了，我们只是朋友，我给她做过一阵子家教。”

“你们的关系，我觉得有些奇怪。”

“是吗？”她说，“我可以问你一个问题吗？你愿意回答就回答，不愿意回答也不必勉强。”

“问。”看在快餐的分上，在她没问问题之前我已打算要认真回答她。

“七七和你在一起那么长时间，你为什么没想过要送她回家呢？”

“我以为她是外星人。”我说。

“是有别的原因吧？”她看着我说。

“是。”我说。

“我知道你不是为了钱。”

我看着她清澈的眼睛，叹口气全招了：“因为我女朋友忽然失踪，我再也找不到她。我很寂寞，七七从天而降，我觉得一切都是天意，所以，忽略了很多本该重视的东西，我很抱歉。如果我早一点去了解七七的真相，兴许，她不会错过见她爸爸最后一面的机会。”

“也许，这就是命运。”优诺说，“对了，我今天来还有一件事。”

她从随身背包里拿出一张银行卡递给我：“这里面存了一些钱，是给你的。密码是七七生日的前六位数字，麦子让我转交给你，请你一定收下。”

“不行。”我很坚决地说。

“我就知道你不会要。”优诺说，“那我替你还给麦子。”

我笑着说：“谢谢。”

一个不强人所难的女孩子，现在真是难找。

“现在像你这样的人很少了。”优诺说，“我在网上听过你写的歌，那首《没有人像我一样》很棒。”

“是吗？”我问，“网上怎么会有？”

“一搜你的名字就出来了。”优诺说，“不信你自己试试，有机会一定去听你唱现场。”

看来在网络世界，谁都可以做主角。

我跟她要了纸和笔，把“十二夜”的地址写下来给她，欢迎她有空去玩。她很认真地把纸条收起来，并陪我坐到检票前，然后一直送我到检票口这才离去。

七七有她这样体贴懂事的朋友照顾，我觉得，我也没什么好担心的了。

凌晨一点多，我回到了我熟悉的城市，我忽然很想念“十二夜”。想念我的吉他，想念那个小小的舞台，想念胖胖的张沐尔和一直古里古怪的怪兽。酒吧现在应该还没打烊，所以我没有回家，而是直接打车去了酒吧，可是，当我到达那里的时候，我彻底傻了眼。

我用一分钟的时间来思考，我是不是走错路了。

我真的是走错路了？

当我站在一间叫作“西部小镇”的酒吧门口，看着里面的灯红酒绿，真的怀疑自己不小心去了趟天界，天上一天世间百年，回来之后就沧海桑田物是人非了。

或者只是他们闲着没事给酒吧改了个名？

后者简直比前者还要不可理解。

我站在酒吧门口使劲掐自己的胳膊，一个打扮前卫的中年人过来招呼我:“哥们，今晚才刚开张，开业酬宾，欢迎光临啊！”

我傻傻地问:“原来……原来的那家呢？”

“不知道！”他坦率地把手一摊,“价格合适，我就盘下来了，你是谁？”

对啊，我是谁？我不会像七七一样，完全失忆了吧？我是林南一，这应该是我的地盘，这是属于“十二夜”的领域，难道不是吗？

唯一的可能就是，我不在的这几天，怪兽和张沐尔卖掉了酒吧！

怎么可能！

我掏出手机拨过去。

怪兽关机，张沐尔也关机。

我像一下子掉进黑洞，疑惑翻上来，简直让我窒息。

他们为什么要这么做？

我脚步踉跄地回到家里，好在家仍是那个家，那三万八的沙发还在，图图叠的幸运星还在，七七的气息还在。只是，只有我孤孤单单一个人了。

我还是没有睡床，只在沙发上蜷缩了一夜。第二天天一亮，我就跑去找张沐尔，因为他今天要上班，没办法躲着我。

在我不知道的情况下，他们居然卖掉了“十二夜”！

如果不能在第一时间知道前因后果，我一定会疯掉。

我冲进 A 大医务室的时候，张沐尔正假模假式地带着听诊器，叫一个女生把舌头伸出来。看见我，他像被雷打了一样呆住，女生把舌头缩回去，不满地看着他。

“流感，”张沐尔反应过来，“准你两天假。”

他扯了一张假条：“自己填。”

女生喜出望外地走了，张沐尔不自然地逃避着我质问的眼神。

“这季节流感还真多……”他心虚地说，“你回来了？七七怎么样？交到她家人手里了？”

“少废话！”我啪地一拍桌子，“咱们出去说。”

他跟在我后面走出来，在校医院的门口，他点燃一根烟，狠狠地吸了一口。

“手机为什么关机？”我问他，“故意躲着我？”

他装模作样地掏出来看了一眼，诧异地说：“没电了。”

“少来这套！”我凶他，“到底怎么回事？”

“缺钱用。”他有点艰难地说。

“缺钱可以想办法！”我说，“咱们还没穷到需要砸锅卖铁的地步。”

“酒吧生意不好，”他说，“你还没告诉我七七到底怎么样？”

“你们有事情瞒着我。”我诈他。

“没有。”

“是不是怪兽家的厂子又出事了？”

“没有，没有，林南一，你别瞎想。”他几乎是在告饶，“你让我回去上班行不？今天事情多，我们领导会检查的，搞不好一个月奖金就扣掉了……”

“今天不说清楚，你小子哪儿也别想去！”我揪住他，“看不起我是不是？好歹我也是酒吧的总经理！”

我的声音大了一点，已经有人围过来指指点点。张沐尔惶恐起来，他一向胆小：“林南一你讲点理行不行？”

“谁不讲理？”

“这事跟你没关系，”他说，“怪兽他……”

“是怪兽决定卖酒吧的？”我逼问，“为什么？”

“林南一你别管了！”张沐尔可怜兮兮地叫起来。

这一下我确信他们真的有事情瞒着我，但是张沐尔是不会说的，我很了解，怪兽不让他说的事情，打死他也不会说。

“你回去上班吧。”我说。

“你去哪里？”他问我。

“你说呢？”我咬牙切齿地反问他。

“不要去！”他莫名其妙地央求我，“这事跟你没关系。”

我懒得理他，但他摸出手机，准备给怪兽打电话。

我冲上前把手机夺下来，凶巴巴地命令他：“别耍花样！跟我一起去！”

本来我没有想到会有什么事，也许怪兽真的需要钱，也许他对酒吧经营不再有兴趣，这都很正常，我只是奇怪他们在卖之前居然不通知我。

但是张沐尔的反应让我觉得事有蹊跷。沐尔，我的老朋友，我知道他是不会撒谎的。如果他撒谎，肯定有不同寻常的事发生。

上了出租车之后他就垂头丧气地不再说话，但脸上的焦虑无法掩饰。

“把电话给我。”他说，“我给学校请个假。”

“号码多少我帮你拨。”

他喃喃地骂了我一句就没声音了，车离怪兽家越来越近，张沐尔也显得越来越紧张。

“咱们别去了，把他叫出来问问不就成了吗？”他小心翼翼地建议。

“闭嘴！”

车停后我下了车，张沐尔也跟着下来。怪兽家住在一楼，但是楼道里有语音防盗门，我把他推过去，嘱咐他。“说你来了，别说我在。”

他央求似的看了我一眼，我下大力再一推，他的脸哗地撞到门上，撞得变了形。

真像一出蹩脚的警匪剧，他用带着怨恨的眼光看我，终于按响了门铃。

那头一直没有人应声。

“没人。”张沐尔松了一口气，“咱们走吧。”

我把他拨到一边，用力按下门铃，一声一声，我忽然感到莫名的恐惧，那一声声铃声在怪兽的房间里尖锐地撞来撞去，始终没有回音，仿佛是直接掉进黑暗里。

“谁啊？”怪兽疲倦的声音终于响起来。

“我，林南一。”

他犹豫了很久，最终还是砰的一声把防盗门打开了，我三两步走到他家门口，开始大力地擂门，张沐尔沉默地跟在我身后。

不知道为什么，我心里的恐惧越发浓烈。

怪兽一把拉开门，他的脸有些浮肿，好像很多天没睡似的。

“哥们，怎么回事？”我问他，“酒吧……”

怪兽做了个粗暴的手势，意思是，闭嘴！

我火气上来：“你们到底是怎么回事？”

“我要用钱。”他沉声说。

“好，”我咬着牙，“就算这是理由，可是不通知我这件事我饶不了你。”

“你算什么呢，林南一。”怪兽说，“你说走就走，一声招呼都不打，你整天忙着别的女人的事，还管我们这边干吗？”

“算了。”我知道他是误会了，于是先消了气，总不能站在大门口吵架，于是我缓和口气说：“我们进屋慢慢谈。”

怪兽伸出一只脚挡在门口，冷冷地看着我。

“怎么了，”我来火地看着他，“是不是跟我没得谈？”

“没错。”怪兽说。

他话音刚落，我就愤怒地一脚踢到他的小腿上，他痛得一缩，我趁势闪进门去。

有人拉着我的衣领把我又拖了回去，是张沐尔。

“什么事就在外面说不好吗？”他结结巴巴地说，我使劲抓住他的胳膊一带，他笨重的身体猝不及防地跌坐到地上。

他从地上弹了起来，狠狠地照我脸上来了一拳！

接下来的事情就一片混乱了，我的脸火辣辣地疼，眼前也开始模糊，世界摇摇晃晃，张沐尔还在没轻没重地揍我，我的拳头也不断落到他身上，我一边打，一边迷迷糊糊地想，这到底是为什么？我们怎么忽然成了这样？

怪兽在一边吼：“都给我住手！”我不管，挥着拳头向他扑过去，心里有个声音在说，不管了不管了，就这样闹一场，大家散了干净。

“你们都别打了。”忽然，我听到一个声音。

整个世界在这一刹那安静下来。

我抬头看过去，模模糊糊好像看到怪兽的卧室里走出来一个很瘦很瘦的女孩子。

我第一眼看见她，心就碎了。

是图图。

不用再看第二眼我也知道是她，她为什么突然出现，她为什么会在这里，她为什么离开我，这些问题忽然都变得无关紧要。

重要的是，她终于出现在我眼前。

“图图。”我百感交集地喊完她的名字，就待在那里看着她。

她不看我，她的眼睛看着窗外。我恍若隔世，这真的是她，我心酸地发现，她变了，变了太多。

她好像很多天没有睡觉，面目憔悴，眼睛底下有大大的黑眼圈。下巴比以前尖，皮肤苍白到近乎透明。她的头发烫成了大卷，但是发黄干燥，像没有生命的野草，凌乱地搭在肩上。

这不是图图，可是，这还是图图，或者说，她只是以前图图的一个影子。往日欢乐的影子还留在她的眼角唇边，可是她开口说话时，声音飘忽而冷酷："林南一，现在你都知道了吧。"

我茫然地摇头，这谈话里有太多我不敢面对的东西。

她微笑了一下："那你知不知道，我为什么要走。你又知不知道，我走了以后，一直都住在哪里呢？"

"这不重要，"我说，"你收拾好东西，我现在就带你回家。"

她坚定地摇头，一下又一下，每摇一下，我的心都被痛苦和怀疑紧紧扭成一团。我听到她更加遥远的声音："请你走吧，我再也不想看到你。"

"少废话，你跟我走！"我走上前拉住她的胳膊，天啊！她的胳膊何时变得这么细，好像轻轻一拧就要折断。我的声音不由自主地轻柔起来："走吧，乖，我们回家。我发誓，我什么都不问。"

"是吗？"她终于转过头来看我。她的眼睛还是那么大那么美，在看到我的那一刻，充满了雾气，像一汪清晨的湖，我跌入里面而不自知。

"真的。"我说，"我什么都不会问。"

她忽然笑了，说："你真傻，世界上怎么会有你这样的傻瓜？"

说完，她挣脱我，慢慢走到怪兽身边，轻轻搂住了他："请你成全我们，不要让三个人都难过。"

怪兽颤了一下，脸上泛起痛苦的表情。然后他伸出胳膊紧紧地拥抱了图图，抱得那么紧，好像生怕她消失一样。

我呆呆看着这一切。

我最好的朋友，我最爱的女孩。

世界上再没有比这更让人心碎的画面了。

下一个场景，是我像个疯子一样扑向怪兽，却被张沐尔死死拉住。

图图的声音像从天边飘来，她说："林南一，你现在应该明白了吧？"

我终于明白了。

我明白了两个很近的人其实也可以好像相隔天涯，也明白了一个人一直信任的东西，可以变得多么脆弱不堪。可我还是不愿意相信这样的真相，对我而言，这不仅仅是失败和耻辱，这关乎我对爱情的信任和对人生的希望。失去了这些，我该如何度过以后漫长的日子，直至终老呢？

"我们要走了。"怪兽说，"明天我会带图图回老家，我们不会再回来，你也可以想跟谁在一起就跟谁在一起。"

"你少跟我扯这些不相干的事！"我朝着他们咬牙切齿地说，"就算是真的，那也是你们先背叛我，不是吗？"

"别把人都当傻子！"怪兽骂我，"你做了什么你自己清楚！"

我指着自己的鼻子，一头雾水。

我做什么了？我和七七，我们压根什么事都没有，她还是个孩子，不是吗？

图图放开怪兽，轻声说："我累了，要进去休息。"

说完，她转身进了房间，关上门，留给我一个决绝不愿回头的背影，用一扇木门隔开我和她的两个世界。

怪兽走进屋，拎起我的吉他对我说："我现在没有钱给你，这把吉他留给你，欠你的我以后一定会还。"

“怎么还？”我问他，我抬起手来，指着屋内，表情一定绝望得可以。

他面无表情：“你说怎么还就怎么还。”

“好。”我说，“那你把图图还给我。”

“放心吧，”怪兽说，“只要她自己愿意，我绝不会阻拦。”

“走吧，都走吧。”张沐尔一只手替我拎起吉他，另一只手用力拖我，“我看大家都需要冷静冷静。”

我无可奈何地跟着张沐尔走出了怪兽的家。可是，我真的不甘心，我了解图图，我不相信她会爱上怪兽，我不相信我会输得这样彻底，绝不信！

我不清楚自己是怎么回到自己的小屋的，我好像已经丢掉了我自己，我把手枕在头下躺在地上，这间屋子里的回忆在我眼前跳舞，快乐的、难过的、平淡的，但都是好的，有她在，一切都是好的。

原来是这样，原来是这样。她真傻，我想，她爱上别人，直接跟我说不就行了吗？只要她觉得幸福，我无论怎样都是愿意的。

半夜十点的时候，我从地板上坐了起来，我决定去做一件事，这是我最后的努力，不管有用没有用，我一定要去做。

我拎着吉他，打车去了怪兽的家，不过，我没有敲门。我绕到房子的后面，面对着图图的窗口，开始拨动我的琴弦。

第一首歌，当然是《心动》：

啊，如果不能够永远走在一起，也至少给我们怀念的勇气、拥抱的权利，好让你明白，我心动的痕迹……

图图，你还记得吗？这是我们相识的曲子，我曾经在你的学校门口唱过，我凭着它找到你，我们度过了生命中最美好的时光。

第二首歌，是《我想知道你是谁》：

在你离开的第十二个夜晚，天空倒塌，星星醉了，漫天的雪烧着了，我的喉咙唱破了，我坐在地上哭了，我好像真的不能没有你……

图图，这首歌你一定不会忘记，这是你的成名曲，我们因为它兴奋也因为它吵架，后来你离开我，我每一天都不曾忘记过你。

第三首歌，是《没有人像我一样》：

世界那么的小，我找不到你，哪里有主张，没有人像我一样，在离你很远的地方，独自渴望，地老天荒……

图图，这首歌我不知道你有没有听过，这是我为你写的歌，也是我写的第一首歌，我还没有来得及问过，你是否喜欢……

第四首歌……

在我的歌声中，有很多的灯亮起来，有很多人打开窗户，我都没有抬头，我相信我的图图会听到，我的姑娘会听到，如果我唱到夜半，她还没有走到我身边，那么，我知道我应该选择什么样的结局。

是的，她没有回到我身边。

属于她的那扇窗，一点儿动静都没有。

天渐渐地亮了，唱累了的我，终于带着我的吉他和我带血的手指以及一颗千疮百孔的心，回到了自己的家。

我就那样躺了很多天，什么也没干，哪里也没去。某一天下午我听到不远的地方有许多声响，我想起我很喜欢的一首歌，*Knocking On Heaven's Door*，这就是天堂的敲门声了，我想，一切都很完美，到此结束，干净利落。

所以张沐尔冲进来的时候，我甚至还对他微笑了一下，天堂里居然有朋友，这一点，还算不错。

我清醒之后发现自己手背上扎着吊针，身上盖着被子。

我用力把针拔掉，血一下子涌了出来。

张沐尔奔过来，手里还端着一碗汤。

“严重营养不良，”他看着我说，“兄弟，你差点死了。”

“关你什么事？”我说，“谁是你兄弟？”

“喝了吧。”他把汤放在床头柜上，被我一巴掌打翻，哗啦一声掉在地上，汤汁飞溅。

“我再去给你盛。”他低眉顺眼地说。

他转身走向厨房，我喊住他：“不用了。”

他仍是不敢看我，低头说：“阿南，对不起。”

我叹口气，竟然不合时宜地想起了某部电视剧里的一句台词：如果道歉有用的话，要警察干吗？

“你什么时候知道的？”我问他。

“事情其实不是你想的那样。”他说。

“那你告诉我是什么样？”我用虚弱的声音对着他大喊，“图图爱上怪兽，怪兽爱上图图，然后她玩失踪，你们什么都知道，就瞒着我一个人？”

“阿南，你别这么冲动……”

“别说了！”我大吼一声，他吓得一哆嗦，不敢再多话。

“你到底是什么时候知道的？”我大声问道，紧接着又泄气，“算了，你不必回答。”

他用我不能理解的怜悯眼神看着我，一直看，直到我受不了，我把头扭向天花板。

“阿南，”他忽然小心地问，“你和七七，真的没什么？”

我暴躁地捡起地上一片碎片向他砸过去。

七七？！开什么玩笑！她只是个孩子！

“原先我也不相信，可是……你在那边待了那么久。”他说得有点艰难。

“你什么意思？”我怒吼，“你给我说清楚！”

“不该由我说。”他的声音忽然变得很低很低，“有一天你会明白。”

说完这句话，他就转身头也不回地走了，这死胖子居然也有如此决绝的时候。

我明白什么？或者说，我需要明白什么？我唯一明白的是我不能死。

为情自杀，我自嘲地想，我才不会呢，就算死了图图也会看不起我。

但是我必须离开，我没有任何理由在此停留。我去厨房把张沐尔做的汤一口一口喝干净，他的手艺真不怎么样，人参红枣肉桂倒是塞满了一锅，喝到最后一口我差点吐出来，突然一身大汗，心底空明。

电话停机，银行销户，房子退租，行尸走肉的我办起这一切来，居然还有条不紊。

行李已经打包，车票已经买好，很快，我在这个城市生活过的痕迹会被完全抹去，连同我以为会地老天荒的爱情。

把手机扔掉之前，我有一丝犹豫。

我想到七七。

这些天她一直没有打过我的电话，我猛地想到她，她的病情有没有好转？房子卖掉以后她会住在哪里？我想给她打个电话，却发现，我只有优诺的号码。

于是我拨通了优诺的电话。

那边轻快地喊我："嗨，林南一，是你吗？"

"是。"我说，"七七呢？"

"她在睡觉。"优诺说，"她一直在找你，或许过两天我会陪她去看你，欢迎不欢迎啊？"

"噢。"我的声音停在空气里。

"她最终没卖那个房子。"优诺说，"而且愿意定期去 Sam 那里，她的记忆应该可以恢复，这真是个好消息，对不对？"

“嗯。”我说。

“她常常提起你，有时候说起你们在一起的片段，那好像是她现在唯一愿意回忆的东西。”

“是吗？”

“林南一，你怎么了？”优诺说，“你听上去像病了一样。”

“没有。”我说，“有点累。”

“你们那里的樱花真漂亮，等我带七七去的时候，你陪我们一起去看樱花好吗？”

“好。”我说。

“等七七醒了我会告诉她你来过电话。”优诺说，“我让她打给你。”

原来她过得还不错，我欣慰地想，这世界上总算还有一件值得开心的事情。

我把手机关机，扔进抽屉，它淹没在图图叠的幸运星里，消失不见。我出门，用手遮住脸，不让任何人看见我的眼泪。

林南一，我们再也见不着了。

我好像听见七七的声音在虚空里向我喊。她明亮的、忧伤的眼睛紧盯着我，像流星一样，唰的一下，消失不见。

再见图图，再见七七。

再见，所有我爱过和爱过我的人。

请相信，离开并不是我真心想要的结果。

CHAPTER 11

失速的流离

我去支教的地方，叫作幸福村，我教书的小学，叫作幸福小学。

这所学校只有三个年级，我教三年级的语文、数学和自然，以及所有年级的体育和音乐。

每个年级一个班，每个班二十几个学生。

学校里只有一台破旧的风琴，孩子们的音乐课是全校一起上的。

虽然以前的音乐课都由五音不全的老校长兼任，但是每一节课，仍然是他们的节日。

我带去了我的吉他，是摔坏的那一把。临走前我去了一家琴行，简单修理了一下，换了琴弦之后，它总算活了过来，虽然有点苟延残喘的味道。

共鸣箱已经老迈，声音已经不再清澈，好几个音还会莫名其妙地跑调，它就像一个缺了牙说话漏风的老人。我最忠实的伙伴，它和我一样，伤痕累累，提前苍老。

但是孩子们并不在乎，第一节音乐课，我教他们唱《送别》，孩子们扯着嗓子，唱得响亮而整齐：

长亭外，古道边
芳草碧连天
晚风拂柳笛声残
夕阳山外山
……

干净而羞怯的童音，让我的心慢慢回归宁静。

他们都是拙于言辞的孩子，只有用这种方式，表达他们对我的喜欢和尊敬。

每一次下课，我会让两个唱得最好的小孩来玩玩我的吉他，他们先是胆怯地伸出小手轻轻拨几下琴弦，然后慢慢大起胆子模仿我的样子哼哼唱唱，笑逐颜开。

我的小屋就在学校旁边，小屋另一侧是村民的菜园，每次我回家，如果碰到正在侍弄菜地的村民，一定会拔几棵菜让我带回去。

肥料的气味、水渠的气味、泥土的涩味，风吹过蔬菜叶子时的喧哗，终于，慢慢使我不再感觉那么伤痛。

我决定在这里生活一辈子。这样就永远不会在街头碰见怪兽和图图，看见他们幸福的笑脸，他们紧握的手，他们的孩子，而我也永远不必走上去强颜欢笑地说恭喜。

我毕竟不是一个心胸宽大的人。

没有电话，没有网络，日子过得静如止水。有时候我会想起七七的话，她如果知道我现在的生活，还会不会咧着嘴嘲笑我在让自己腐烂？

不管怎么说，我们都在试图忘记。她真是旷世奇才，懂得在一夜之间将所有的记忆移进回收站，而愚笨如我，恐怕用尽一生，也没有办法彻底抹去一个人的身影，抹去她的一颦一笑，还有曾经的那些海枯石烂和愚蠢的幻想。

忘记真是一件伟大的事情。

每个星期，我要去镇上进行一次必要的采购，采购一些生活必需品。顺便去看望介绍我来这里的朋友——以前在大学时睡在我上铺的兄弟阿来。

阿来毕业后没有去找正式的工作，而是在镇上开了一个网吧，网吧很小，电脑速度也不快，但生意不错，来上网的人很多。每次我去了，阿来必请我喝酒，在网吧边上一个邋遢的小饭店，一盘花生米，一盘拌黄瓜，一盘肉丝，我们喝到心满意足。

“南一。”阿来说，“你真的打算在这里待一辈子吗？”

我沉默一下，然后回答他：“兴许吧。”

“以前我们都认为你会有很大出息。”阿来说，“那时你在学校跟我们不一样，有理想，有追求，还讨女孩子喜欢，羡慕死我们一帮兄弟了！”

“不谈女孩子。”我说。

“失恋嘛，”阿来劝我，“不可怕。不过赔上自己的一辈子，就有些不值得了。”

因为这个话题，那天的酒喝得不是很痛快。阿来要回网吧，我跟着去了。我已经很久不上网，在一台空机前坐下，努力劝说自己该去看看国家大事，我曾经所在的那个世界就算再一如既往地灾难频发，这些都已经不能再影响到我，所以，关心一下也无妨。

至于过去常去的网站和论坛，已经跟我绝缘。

除了一个。

我犹豫了几分钟，终于忍不住去看了看“小妖的金色城堡”。

我放不下七七。

小镇的网吧网速很慢，在网页终于打开的时候，令人惊愕地跳出来一个对话框，就像一面旗在大风里飘啊飘，上面写着一行大字：寻找林南一！

我点开之后又看见他们写着：林南一，男，年龄20岁—30岁，血型不详，星座不详。性格暴躁，爱弹吉他，不太快乐。如有知其下落者请速与我们联系，即付现金十万元作为酬劳，绝不食言！

留的联系人是优诺。

就像当年寻找七七一样，他们也这样大张旗鼓地寻找我。这是为什么？难道又是那个心理医生出的馊主意，让我回去唤醒七七的记忆？或者是七七哭着闹着要找我，他们没办法，只好出此下策？

我从来不知道，自己竟然这么值钱。

十万元！

搞笑的是，重赏之下必有勇夫，我看了看，已经有超过两百条留言报告我的行踪，每一个人都说得言之凿凿，我看着自己上午在甘肃，下午就跑到了海南，实在忍不住笑了。

遗憾的是，我在网上找了半天，也没有看到他们通报七七的病情，倒是暴暴蓝的新书搞了个主题歌的噱头正在做宣传，她新书的名字居然叫作《没有人像我一样》。

网上有个链接，点开来，竟是我唱的歌。

我不知道是谁录的，还是现场版，不算清晰，却足以勾起我对前尘往事的记忆。

我翻遍了网站的每个角落，还是没找到七七的任何消息。我也就无从得知她是已经恢复记忆了还是已经彻底忘记？她还会不会记得世界上有个关心她的傻瓜叫林南一？

我终于决定关掉电脑，关机之前，我恶作剧地匿名留下一句话：一个人不可能找不到另外一个人，除非他瞎了眼睛——那么全世界都是瞎子，不是吗？

我走出网吧的时候，天空开始飘雨。我忽然想起七七说害怕下雨的样子，心里忽然有了一阵柔软的悸动。我只能笑自己，林南一啊林南一，搞了半天，你对这个世界还是未能忘情。

那天晚上我梦到七七，却是一个恐怖的噩梦，她不知道被什么人追着一路疯狂地奔跑，她的肋下插着那把水果刀，但奇怪的是，她没有流血，也没有喊疼。

“林南一，”她忽然镇定地停在我面前，轻声问我，“你怎么在这里？你不管我了吗？”

“管，当然管。”我忙不迭地回答，伸手轻轻拥住她，“七七，我怎么会不管你呢？”

“你是谁？”她忽然疑惑地看着我说，“我不认识你。”

这句话在梦里也伤透了我的心。我就那样傻傻地、伤心欲绝地看着她，直到她的脸慢慢变得模糊。“林南一，现在你知道了吧？”她忽然这样问我，我定睛再看，竟然是图图的脸，她冷漠的表情仿佛要拒我千里之外，她像一滴水一样在空气中蒸发，再无一丝痕迹。

“图图！”我撕心裂肺地喊。

我猛然惊醒，熹微的晨光透过窗户，新的一天又开始了。

学生们已经列队在煤渣铺的操场上开始做早操了。我深吸一口气加入他们，用夸张的动作来驱散残存在心中的恐惧。

梦都是反的，我一边用力踢腿弯腰一边告诉自己，做噩梦恰恰就说明，她们过得都还不错。

但是我的心还是像被猫抓了一样。

早晨上完两节语文课，我终于还是走到公用电话前。

我忽然庆幸自己还记得优诺的电话号码。

电话很快就通了，通话音里带着嚓嚓的电流声。但优诺的声音还是那样悦耳：“喂，哪位？”这么简单的几个字，她的声音就能让人从雨里望到晴天。

我忽然一句话都说不出，心慌意乱地挂断了电话。

我只能从她尚算愉快的声音里，自欺欺人地推测一切正常。

我一直是个软弱的人，一直是。所以，七七，请你原谅我。

晚上我在昏黄的灯下批改学生的作文，我布置的题目是《我最喜欢的人》。大多数人写的是自己的亲人，还有几个学生写的是我，只有一个叫刘军的男生，写的是同班的女生张晓梅，因为他买不起课本，张晓梅总是把自己的课本借给他。

“张晓梅同学不仅有助人为乐的精神，长得也很漂亮。她梳着一根长长的辫子，喜欢穿一件红色的衣服，不论对谁都甜甜地笑。”

我给了这篇作文最高分，第二天，在课堂上朗读了这篇作文。

有学生痴痴地笑起来，一个男生终于站起来大胆地说：“老师，他早恋！”

全班哄堂大笑。

我没当回事，隔天却被校长唤进办公室，委婉地问起我“早恋作文”的事。

看来对于这类事，不管哪一所学校都是一样敏感，我正在想应该怎么应对，校长办公室的门已经被人粗鲁地撞开。

“林南一！”有人吵吵嚷嚷地喊。

我的天哪！竟然是七七！她围着一条火红的围巾，像一个妖精那样冲了进来。

优诺跟在她的身后进来，看我一脸惊讶的样子，调皮地一吐舌头。

“我找到林南一了，十万块是我的了。”七七也不看我，板着脸对优诺说。

“反正也是你的钱。”优诺笑嘻嘻地说，“老板给自己开张支票吧。”

简直像在做梦。

校长也一定这样想。

“这是怎么回事，林老师？”他有点结巴地问，他是个老实本分的中年男人，十万块？少女老板？这个玩笑对他来讲未免开得太大了些。

优诺快活地说：“我们来找林老师，有点事想和他谈，可以吗？”

校长没有选择地点点头。

在这种情况下，我要是不出去和她们谈，简直要把人都得罪光。

“我不会回去的。”第一句话我就说，“你们不要白费心机了。”

七七插话：“这话我好像在哪里听过。”

优诺敏感地瞟她一眼。

七七正色看着我说：“林南一，你说话不算话，你说过要带我走，却自己一走了之，躲在这个地方让我好找，你说，这笔账怎么算？”

“我是谁？”我问她。

“林南一。”她干脆地答道。

“那你呢？”

“别问了。”她说，“问也是白问，我只能想起一些片段。”

难道，她真的还没有恢复记忆？我疑惑地看看优诺，那一次通电话她不是说已经找了最好的医生吗？

优诺岔开话题："林南一，你的身价赶上A级通缉犯了。"

"你们怎么知道我在这里？"我实在忍不住我的好奇心。

"这个嘛，"优诺说，"我可以告诉你，但是你要先让我们找个地方休息一下，我们坐晚上的火车来的，又翻了三个小时的盘山路才到这里，你躲得还真够远。"

美女既然发了话，我只好领她们到了我的小破屋。说实话，我自己住的时候没觉得有多差，但是一来了客人，尤其是女孩子，就真显得有些寒碜。

"坐床上吧，"我红着脸招呼她们，"只有一把椅子。"

优诺毫不在意地坐下，七七却不肯坐，在屋子里四处转悠。破旧的书桌、简陋的厨房都在她挑剔的眼光下展露无遗，我只能忍无可忍地对她说："你能不能消停点？"

"你是我什么人？"她瞪着我，口齿伶俐地反驳道，"我高兴就消停，不高兴就不消停，你管得着吗？"

谢天谢地，她终于又成了那只不好惹的小刺猬。我看着她微笑，她却别过脸不再看我，她到底不再是以前的那个七七了，她的神情中会偶尔闪过一丝被掩饰的悲伤，眼神也不再灵动。

也许，当我们真的遭受过一次大的伤痛，就再也不可能真正地回到从前。

优诺遵守诺言地告诉我她们找我的经过。

"七七给了我一个IP地址让我查。然后第二天，我接到一个来历不明的电话，区号显示在同一个地区。”

“就这么简单？”我瞪大眼，“没有想过是巧合？没有想过会白跑一趟？”

“女人的直觉很灵的。”优诺一本正经地说。

“可是为什么找我呢？”我说，“找我有什么用？”

“有什么用？”七七在一边冷冷地说，“原来你衡量世界的标准就是这个？那你活着有什么用？你总是要死的，是不是？”

她还是一如既往地伶牙俐齿，让我哑口无言。

幸好还有优诺，有她在，七七就不会太肆意地由着性子来，她一直是一个能让人心里安稳的女孩子。过去我并不相信世界上真有接近完美的人存在，但是现在，当她坐在我简陋的小床上，却像坐在富丽堂皇的皇宫里一样安闲自在时，我真的相信了七七曾经对她的溢美之词：她是一个天使。

“林南一，回去吧，”优诺说，“我相信你在这里生活的意义，但是，你还是应该回去做你的音乐，你会是一个很棒的音乐人，能做出成绩来。”

“别夸我了，我自己什么样自己心里有数。”我说。

“来这里之前，我去了‘十二夜’。”优诺说。

“再也没有‘十二夜’了。”我说。

“谁说的？”七七插嘴说，“我说有就有！”

“好吧。”我无可奈何地说，“就算有，也跟我没有任何关系了。”

“怎么会？”优诺说，“你答应过我，要面对面唱那首歌给我听呢。”

“实在抱歉。”我说，“恐怕没有这个机会了。”

优诺还想说什么，我双手一摊：“美女们，难道你们一点都不饿？”

“有什么吃的？”优诺问，“我来做。”

“没有肉，”我不好意思地说，“有蔬菜，随便找块菜地拔就是，要多少有多少。”

“林南一，你这里是世外桃源。”优诺笑着说。她拍拍手出去摘菜，我看着她渐渐走远，再看七七，她正趴在窗框上，呆呆地出神。

“七七，”我走过去，把她的肩膀扳过来，看着她的眼睛，“都是你的主意对不对？”

她躲避我的眼光：“我不知道你在说什么。”

我直接说：“暴暴蓝说得对，叶七七，你要装到什么时候？你累不累？”

“你有多累我就有多累，”她说，“我不知道我有没有在装，但是你，林南一，你装得真够辛苦。”

“我过得很好。”我说，“我并没有失忆，也没有逼一大群人陪我卖房子！我只是过我自己的生活而已，这有什么错吗？”

“是吗？”她的眼睛看着我的破瓦屋顶说，“这就是你想要的生活吗？你骗得了你自己，但休想骗我！”

“我从没想过要骗谁！”

“你那时候天天找她，现在她回来了，你又要躲，林南一，你到底搞什么？”

我吃惊地问：“你都记得？”

“一点点。”她说。

见过会耍滑头的，没见过这么会耍的。虽然我确认她的失忆百分之七十是装出来的，可是，此刻她清白无辜的眼神怎么看也不像在做假。我长叹一声：“好吧，你的事我不管了，可是我再说一遍，我不会回去，不会离开这里。吃完饭就请你们赶快走，我下午还有课。”

“林南一，”她终于直视我，“难道你真的不再关心她了吗？”

“她是谁？”我装傻地问。

她瞪大眼睛：“不得了，难道你也失忆了？”

那一刻我真的是啼笑皆非。

七七却一下子变得严肃起来。

“林南一，你愿意自己像我一样后悔吗？”她看着自己的脚尖，语气缓慢地说，“在她最想看见你的时候，你却在这么远的地方，也许等你想再次看到她的时候，却发现你已经没有机会了。”

她居然一口气说了这么长的话，也许在说之前，她已经在心里演练过很多遍。

在这个世界上，她仍然是独一无二的那个人，永远知道什么样的话最能击中我。

“你弄错了，”我喃喃地说，“她已经不再需要我了。”

“你怎么知道？”她反问。

“是她说的。”我不能再继续谈这个话题，我不愿意再回忆，图图黯然失神的脸又出现在我眼前，让我无法呼吸。

“你怎么能相信女人的话？”七七肯定地说，“回去找她吧，林南一，你去找了，最坏的结果是伤心一次，但不去找，你注定会后悔一辈子。再争取一次吧，那个怪兽根本就不是你的对手，她只是在气你，你怎么就不明白呢？”

优诺捧着两个大萝卜和一堆西红柿回来的时候，七七已经强行把我的吉他放进琴盒了。

“菜真新鲜！”她开心地说，“林南一，西红柿凉拌可以吗？”

“做什么饭？”七七得意地说，“帮林南一收拾行李吧，他决定跟我们回去。”

接着她又对我喊：“你那些破行李能扔就扔了吧，回去我们给你买。”

我一把抓住七七：“我跟你说了，我不回去！”

七七一把甩开我说：“你这是什么臭脾气啊，能不能改一改？”

“不能。”我说，“我就是这样。”

“林南一，”优诺打断我们的斗嘴，“七七去看张沐尔了。”

“谁是张沐尔？”七七说，“我只知道一个大胖子。”

“随便你。”我瞪她一眼。

优诺插嘴：“她还在张沐尔那儿看见了你的女朋友，她生病了。”

“她不是我女朋友。”我嘶哑着嗓子说。

图图病了，可是，这关我什么事呢？

优诺又说：“林南一，就算她不是你女朋友，你不觉得这一切都很蹊跷吗？你不想知道她得的是什么病吗？”

“难道你知道？”我反问她。

“我当然知道，”七七说，“但是，如果你不回去，我就不告诉你。”然后她咄咄逼人地直视我：“回，或者不回，等您一句话。”

我似乎没有选择。

优诺善解人意地插话道：“林南一，反正明天就是周末，我们陪你到明天上完课再走，你要是舍不得这里可以随时回来，你说呢？”

我知道，就算图图病了，张沐尔和怪兽也会把她治好。

我甚至知道，也许这一切都是子虚乌有，不过是七七为了骗我回去想出的花招。

可是，为什么我没办法拒绝呢？

有句话叫台阶是给人下的。

那么好吧，有台阶，我就下一下，或许，这并不是什么坏事。

那晚，我安排七七和优诺在我小屋睡觉，我自己跑去和一个男老师挤一挤。那晚忽然停电，好在她们都不介意，我点了蜡烛，七七很兴奋，在我那张小床上跳来跳去。优诺悄悄对我说：“很久没见她这么开心了。”

“是吗？”我说。

“找不到你，她不会罢休的。”

哦，我何德何能。

优诺果然冰雪聪明，很快猜中我的心思：“有些人很重要，遗憾的是，他们往往不知道自己有多重要。”

“优诺。”七七大声地说，“你能不能不要讲大道理，唱首歌来听呢？”

“好啊，”优诺大方地说，“我要唱可以，不过要林南一伴奏才行。”

七七蹦到床边，把吉他递到我手里，用央求的口气说：“林南一最好了，我想听优诺唱歌。”

我拨动生涩的琴弦，优诺竟唱起那首《没有人像我一样》。

她的嗓音干净而温柔，和图图的完全不一样，却同样把一首歌演绎得完美无瑕。唱完后，七七鼓掌，优诺歪着头笑。

我忽然觉得，我没有理由拒绝回忆过去的美好。

折磨自己，有何意义呢？

第二天上完课，我拎着行李去跟校长告别，他很不安地说：“林老师，我昨天不是在批评你，我只是跟你说一说而已。”

我红了脸：“不是因为这个，我有事要回去。实在对不起。”

“那你什么时候回来？”

我没法回答他。

操场上，七七和优诺在和一些孩子玩跳房子的游戏。她是那么开心，仿佛一切不如意都已经过去。

在回程的火车上，七七终于睡着了。

这列慢车上没有卧铺，幸好人也不多，七七在一列空的座席上横躺，很快变得呼吸均匀，乘务员大声吆喝也没能把她吵醒。

优诺心疼地看着她说：“她已经有两天没睡了。”

“怎么回事？”我说，“她到底好没好？”

“她在网站上看到一句话，说什么这个世界上不可能一个人找不到另一个人，除非瞎了眼之类的，她一看到就认定是你留的。”

我张大了嘴。

她居然什么都记得！

“我们在你的城市已经待了一整天。”优诺微笑着说，“顺便看了樱花，两年前我曾经看过，这次再去，樱花还是那么美，我想，我没有什么理由不快乐。”

“你也是有故事的人，优诺。”

“我二十四岁了，林南一，”她冲我眨眨眼睛，“如果一点故事都没有，那我岂不是很失败？”

我看着她忍不住微笑，她的心情，似乎永远是这样晴空万里。不过我知道，她一定也很累了。因为她靠在座椅上，也很快睡了过去。

她睡着的时候像个孩子似的毫无戒备，好几次头歪到我肩膀上。我想躲，可最终没有，她均匀的呼吸响在我耳边，我把半边身体抬起来，好让她靠得更舒服一点。

而那个我以为自己再也不会回去的城市，终于在列车员的报站声中，一点点地近了。

列车进站的时候，优诺总算醒了过来。

“对了林南一，有件事我一直没告诉你。”她迷迷糊糊地说。

“什么事？”

“你可别说是我说的。”优诺故作神秘，“七七把那间酒吧盘回来了，用了原来的名字。她要给你一个惊喜。”

是吗？我苦笑，我果然很吃惊，喜却未必。

优诺仔细地看着我的脸：“我就知道你是这个反应，但是待会记得装高兴点，人家本不愿意的，七七差点没把那人逼疯，简直要打起来。”

“何必，”我说，“买下又怎么样？我又不会再回去。”

“不回去哪里？”七七好像被我们的话题吵醒了，忽然坐起来，惊慌失措地问。

等搞清楚了状况之后，她骄傲地一昂头：“林南一，你知道你女朋友为什么离开你吗？”

“为什么？”我简直无奈。

“因为别人对你的付出，你总是这么不领情。”

这样一来，我完全相信了优诺说的，再这样下去，我也会被她逼疯。

“你说她到底是不是在装蒜？”我故意大声问优诺。

“你说什么？”优诺的表情诧异得夸张，“医生都不知道的事情，我怎么会知道？”

对这一对超级姐妹组合，我真是不服都不行。

下火车后，七七拦了辆出租车。

“去酒吧街东头的‘十二夜’，”她说，“你认得路不？”

司机点点头，七七上车，优诺拉我坐到后排。

“麻烦先给我找一家旅馆，”我说，“我是游客，不去什么酒吧。”

"不许！"七七说，"给钱的是他还是我？"

"我到底听谁的？"司机恼火地说，"你们要不下车，这个生意我不做了行不行？"

我拉开车门就下去，优诺也跟下来。

"林南一，"七七摇开车窗，"不是说好了吗？"

"是说好了，"我镇定地说，"我已经回来了，请给我答案。"

七七气急了："林南一，你不要跟我耍赖！"

"我承认我关心她，但并不意味着我要回去把事情再一次弄得一团糟。你现在告诉我，当然好，不告诉我，我也不能再强求。我相信他们会把她照顾好的。"

"我给你三秒钟的时间选择，去还是不去？"

"一秒钟也用不着，"我说，"请告诉我答案。"

"你真不跟我去？"七七嘲讽地问。

我肯定地点头。

"那好，你不要后悔。"七七丢下这么一句，重新摇上车窗，她甚至没有招呼一声优诺，就让出租车司机这样开走了。

"你不去追？"我问优诺。

"她对这里比我熟。"优诺笑笑，"不用担心。"

"她吃错药了。"我郁闷地点燃一根烟，想到自己全部的行李都在那辆出租车的后备厢里，不知道七七下车的时候会不会帮我取出来。

"夏天到了，"优诺忽然说，"林南一，你喜欢夏天吗？"

我啼笑皆非地看着她，据说她是学中文的，是不是学中文的女生都会像她这样不合时宜地多愁善感，在别人焦头烂额的时候东拉西扯?

“对我来说，所有的季节都差不多。”我尽量认真地回答。

“失去了一个人之后，所有的季节都差不多，没想到你还是个诗人呢，林南一。”

“你才是诗人，你们全家都是诗人！”我实在被她酸得不行，只能反击。

她笑着说：“七七是去年夏天离开我们的。一年的时间，很多事情都变了。”她深吸一口气，“她说她答应帮你找一个人，你知道吗？”优诺的眸子忽然变得亮闪闪，“现在她已经找到那个人了。”

这个消息换在几个月以前说出来，我应该会欣喜若狂吧。但是此刻，我只是看着香烟淡蓝色的雾飘散在空气中，耳朵里还有残余的蝉声，路灯一盏盏地亮起来，空气中慢慢飘来夜间烧烤摊的味道，这是我如此熟悉的城市，她的夏季的夜晚总是如此喧嚣。

我和图图，也是在夏天认识的。

而一个又一个的夏天，就这样不可抗拒地来到又走掉。

“迟了，”我说，“已经迟了，优诺，就像你说的，什么都变了。”

“也许没有变呢？”优诺说，“我很喜欢图图，她是个好女孩。”

我用恳求的眼光看她，她叹口气，我知道，她会给我那个答案。

她果然开口：“七七一直在找你，但是你的电话一直不通，所以我带着她来了这里。来了我们才知道你已经走了。七七去找张沐尔，她在那里看见图图，张沐尔正在给她打针。”

我屏住呼吸，而她深吸一口气：“那种针，我认不出来，但是七七从小被打过那么多次，她绝对不会认错。”

我说不出话，紧张地盯着她的嘴唇，听见她清清楚楚地吐出来三个字：“镇静剂。”

“为什么？”我喃喃地问，“为什么？”

优诺双手一摊：“我不知道。”

然后她转了一下眼珠又说：“难道你不想知道？”

她的话音未落，我已经拦了一辆出租车。

“去酒吧街！”我冲司机吼出来，“快点！”

那块熟悉的招牌出现在眼前时，我居然一阵心酸——可是，我看到了什么？

酒吧内部被拆得乱七八糟，七七站在一群忙碌的工人中间，摆出工头的样子，做意气风发状。

“你在干什么？”我冲过去。

“我没告诉你吗？”她酷酷地看我一眼，“这里在装修，我要把它改成这里最酷的酒吧，音响超好，在里面可以办演唱会的那种。”

“为什么？”我问，“我知道你有钱没处花，但是你不觉得你真的很浪费？”

“暴暴蓝会在这里举行她的新书发布会，”优诺赶上来解释说，“她已经选定了主题歌，也选定了乐队，万事俱备，只等酒吧装修完工。”

“什么主题歌？”我敏感地问。

“《没有人像我一样》。”七七没表情地说，“演唱者，十二夜乐队。”

“谁同意的？”我火冒三丈地问，“歌是我写的！我说过给她了吗？”

“都是民意，”七七狡猾地说，“这首歌的网络投票数最高，我们也有找作者啊，悬赏十万哪！”

“那我现在说不给。”我生气。

“可以。”她爽快得让我吃惊。

“说定了？”我问她，“不会反悔？”

“绝不反悔，”她说，“请把钱准备好。”

“什么钱？”

“你必须赔偿我们，”她扳着指头算，“酒吧的转让费、装修费、暴暴蓝新书的宣传费、音乐制作费，还有我的精神损失费……太多了。”她不耐烦：“不如你去和我的律师说。”

“叶七七你耍无赖！”我指着她，“我的耐心也是有限的！”

“你想打架？”她更无赖地说，“我的律师会在赔偿金里加上人身伤害费。”

“她真的有律师？”我转头问优诺。

“别闹了，七七，”优诺说，“我知道你有很重要的事要告诉林南一，是不是？”

“没有。”七七说，“我是一个失忆的人，我全都忘光了。”

我咬牙切齿，却又无可奈何，不小心招惹上一个妖精，这就是我的下场！

还是洗洗睡吧。

酒吧的楼上有一间小储藏室，怪兽曾把它布置成简单的卧房。我走上去查看，它仍然在。被褥上已经积了厚厚的灰尘，看上去绝对算不上干净，我已顾不了那么多，像被人打晕一样地倒了下去。

我很累。

图图，我很累，你知道吗?

发生这么多的事情，我有点撑不住了。

至少，能让我梦见你，好吗?

我迷迷糊糊对自己说，让我梦见她，就像从前一样，她是我的好姑娘，我们相亲相爱，从来没想过要分离。

“林南一，”我真的听见她轻轻地对我说，“傻瓜林南一。”

然后她柔软的手指拂过我的额头，充满怜惜。

我翻身醒来。

“图图！”我大声喊，惊出一身的冷汗。

窄小的窗户里只能漏进来一丝丝月光，但是也足够我看清楚，站在我床边的人不是图图。

是七七。

她穿着一件火红的上衣站在那里，在月光里燃烧得像一个精灵。夜色让她的眼睛恢复清澈和安宁，她轻轻叹息：“你还是忘不了她，林南一。”

“你也忘不了他，不是吗？”我双手捂住脸反问，“七七，我们都失败得很，对不对？”

“我比你失败，”她说，“我再也没有机会，但你还有。”

“机会？”我笑起来，“我甚至不知道她现在在哪里。”

七七看着我，神情凝重：“如果你愿意，我明天带你去找她。”

我的心呼啦啦往上跳，我觉得，我已经等不到明天了。

“现在去不行吗？”我激动起来，“我想现在就去。”

“嘘，”七七做一个噤声的手势，“你在做梦呢，林南一，好好睡吧，你累了。”

说完这一句，她火红色的身影就消失在我视线里。

我恍恍惚惚，不知道是梦是醒。

没有人像我一样

第二天早晨，优诺把我叫醒。七七站在她身边，背着她的双肩包，用一种陌生的眼光打量我，那一刹那，我真的怀疑昨夜的一切其实并未发生过。

“起床了林南一！”优诺说，“我们要去一个地方。”

“就是你昨晚跟我说的地方吗？”我看着七七急切地问。

“昨晚？请问你有梦游症吗？”七七不动声色地说。

老天，她到底要装到什么时候？

但我管不了那么多了，随便拿冷水扑了扑脸就跟着她们出发了。出门的时候我看见工人已经来报到。优诺说，新的十二夜明天就会开张。

“开张大喜新书大卖，你觉得这个创意怎么样？”七七问我。

“少废话！”我命令她，“上路！”

她吐吐舌头，我们上了出租车。我还记得怪兽说，会带图图回老家，所以我对司机说：“去海宁。”

“谁说的？”七七瞪我一眼，“照我说的走。”

“听谁的？”司机问。

七七得意地看我，我忍气吞声地说：“她。”

然而这段路，我觉得异常熟悉，一个红绿灯，一个忙碌的十字路口，一段荒废的林荫道……

“等等！”我终于忍不住喊出来，“咱们这是去哪里？”

“你家，”七七说，“我们在那里住过，连我都记得，你不记得了吗？”

“你搞什么鬼？”我吼她，“房子我已经退租了！”

“林南一，你是真傻还是假傻呢？”她同情地看着我，“还有，你能不能不要一丁点小事就凶巴巴的？成熟一点行不行？”

我被她噎得说不出话，她继续气定神闲地给司机指路，还不忘回头揶揄我。

“顺便问一句，你知道暴暴蓝新书主题曲的演唱者是谁吗？”

“谁？”我给面子地回应她。

七七的唇边绽放出一朵神秘的笑容：“这个人，我不知道你是否认识。”

“到底是谁？”

“刘思真，不过也许你更愿意管她叫图图。”

我目瞪口呆，优诺在一旁抿着嘴笑，看来她们什么都计划好了，被算计的人还是我。

我有理由大发雷霆的，不是吗？幸亏优诺的笑容告诉我，事情应该不算坏。

真的回来了吗？车子停下，我有点犹疑地问自己。林南一，你真的准备好面对一切，不管摆在你面前的是怎样的真相？

“上来吧，林南一。”优诺在楼梯口叫我。

七七已经快速跑上去，我能听见她的脚步声在楼道里回响。

我深吸一口气，也跟着跑了上去。就这样直接重回过去，老天知道，这需要多么大的勇气。

长长的楼道让我真的有种错觉，时间它并没有残酷地流走，我回去，推开的会是两年前的一扇门，图图站在窗前，脸上都是夏天的影子。她会看着我说：“林南一，去做饭好吗？”

我会一个劲地点头说好，那时候全世界都知道，她是我的姑娘，是我的爱人，我会宠着她，溺爱她，让她永远开心得像孩子。

然而我听到清脆的敲门声，七七的声音让我回到现实。

“张沐尔！”她喊，“林南一回来了！”

我屏住呼吸。然后，门开了。

张沐尔沉默地看看七七，又看看我。

“进来吧。”他声音低沉地说。

走进门，我被眼前的一切惊呆。

除了客厅中央那个三万八的沙发，这间房子，真的已经恢复到图图还在时的样子。

图图的衣服，图图的鞋子，她贴在门背后张牙舞爪的狮子，她折的那些幸运星被做成一个很漂亮的风铃，就挂在窗边，风吹过会发出叮叮当当的响声，好像图图的笑声还在屋内流动。

“怎么回事？”我张大嘴巴，半天才能出声，“张沐尔，这是怎么回事？”

他看也不看我，当然，也不回答。

“沐尔，”七七问，“你怎么了？他们俩呢？”

张沐尔终于开口：“昨晚去市医院了。”

医院？我抓住他的胳膊：“她怎么了？”

他冷静地扳开我的手。

“林南一，世界上最没有资格问她的人就是你。”他说，“你还有脸回来？她最需要你的时候，你去了哪里？”

我如堕云雾中，这一切，说不出的离奇，但是我知道，一定有什么事情，是我做错了。

“她每天坐在这里等你。”张沐尔指着一把椅子说，“直到昨天，她再也撑不下去。”

我回身看七七，还有优诺。从她俩的表情上，我可以断定，她们对现状并不是完全知情。

我低着头，用请求的语气对张沐尔说：“请告诉我，到底怎么回事？”

“我正在收拾东西。”张沐尔说，“收拾完我们一起去医院吧。”

他的话音未落，我便转身下楼。叶七七跟在我后面喊：“林南一，你等等我们，你能不能不要这么冲动……”

她的声音我已经渐渐听不见。

我独自打车去了市医院，他们的车紧跟着过来。在医院大门口，张沐尔追上我，用拿着水瓶的那只胳膊替我指引方向，我用从没有过的速度奔了过去。

医院长廊的尽头坐着怪兽，看见我来了，他先站起来了一下，随后又无力地跌坐回椅子上。

急救室的红灯一直亮着。

我的每一步都像踩在棉花地上，两只手紧紧握在一起，可还是一直发抖。

“图图怎么了？”我终于问出声，但那声音嘶哑得不像我自己。

怪兽看了我一眼，没有说话。

“你说呀！”我吼道，“有种你就开口说话！我以为你会好好照顾她！”

怪兽铁青着脸，仍然不发一句。

紧跟上来的张沐尔发出石破天惊的一声大喝：“林南一，你现在还有脸跟别人发火？我告诉你……”

“沐尔！”怪兽低吼一声，“不许说！”

“为什么不能说？”张沐尔反问，他的声音听上去像号叫，但眼里却已经有泪光。“图图是被人害的！”他转向我，怒目圆睁，“是被这小子害的！他应该要负全责！”

我脑子里电闪雷鸣，怒不可遏地揪住张沐尔：“你小子给我说真话！不然我揍死你！”

拉开我们的是优诺。

“好了，大家不要在这里吵，我们找个地方说去。”

在优诺的带领下，我、怪兽、张沐尔来到医院后面的一个安静的小院落，我站在假山的后面，喘着气等着他们告诉我一切。

先开口的是张沐尔，他冷笑着说：“到现在你小子还在假清高！当初要不是你不肯卖歌，图图怎么会这样呢？”

“她到底怎么样了？！”我觉得我的耐心已经到了极致。

“吸毒。”张沐尔别过脸去。

“你胡说！”我一拳揍过去，张沐尔几个趔趄倒在地上。他吐一口唾沫，指着我的鼻子说：“林南一，我告诉你，图图是世界上最好的姑娘，你欠她的，你一辈子都还不清！”

他到底在说什么！我无力地把眼光转向怪兽，他逃避着我的注视，别开头去缓缓地说：“图图离开你，是到长沙的歌厅唱歌了。”

“你一直知道？”

他摇头：“我不知道，直到那一天，就是七七在酒吧打人的那天，图图打电话给我，向我求救。”

求救？我的心被拉扯得一下一下痛起来。

去长沙三个月的图图，本来以为很快就能赚到足够的钱来重组乐队，但是有一天晚上，有人递给她一根烟。

这根烟改变了一切。

“她染上毒瘾了，”怪兽艰难地说，“走投无路的时候，她终于决定回来。她打电话给我说的第一句话就是，不要告诉林南一。”

怪兽在一间破烂的出租屋里，终于找到图图。他偷偷把图图带回来，安置在自己家里。

“她一直相信自己能好的。她一直想好了再回到你身边。她不想让你知道她那些不太好的事情。”怪兽用手捂住脸，“我们把事情想得太容易。”

图图身体不好，戒毒的过程无比艰难。她坚决不肯让任何人知道这一切，为了支付昂贵的戒毒费，怪兽用光了所有钱，直到家里也不再肯提供资助。

“为什么不告诉我？”我抓住怪兽的胳膊。

“图图有时候会回去看你，”他低低地说，“有一天晚上……”

他看看我，又看看七七，然后什么也没说。

我松开他，绝望地捂住脸。我想我知道图图看见了什么。

“第二天你就走了。”怪兽接着说，“我们都以为你不会再回来。”

“所以我卖了酒吧，张沐尔也是那时候才知道的。图图那时候已经有了一些并发症，他是医生，我需要他的帮助。”

“我没用。”张沐尔在墙角揪住自己的头发，“我没能救她。”他呜呜地哭了起来。

我的心里有个声音在轰鸣，她来看过我！她就站在我面前，她憔悴的面容，她决绝的神态，而面对着所有触手可及的真相，我就像一个又聋又瞎的人，听而不闻，视而不见。

我居然就真的相信了她说的话，相信她已经不爱我了。

我是全世界最不可原谅的傻瓜。

“那天晚上，你在我家楼下唱了多久，图图就在家里哭了多久，她用枕巾捂住自己的嘴巴，不允许自己发出任何声音。我劝她出去找你，告诉你一切，但她不肯。她说，一定要等治好了再回去，你脾气那么倔，不会轻易原谅她。你走了之后，图图求我租下你们原先住的房子。我知道，她心里始终盼着你能回来，发现真相。”怪兽用手挡着眼睛，继续说，“可是，你走得还真干净。她每天坐在阳台上等你，她那个样子，她那个样子……”眼泪顺着他的指缝流下来。

这时候，那边传来七七的喊声：“医生出来了，你们快过来！”

我们一起冲过去。

“医生，她怎么样？”优诺首先问。

她知道，我们三个男人都没有勇气开口。

戴着口罩的医生说：“循环系统的问题已经很严重，肺和心脏也都有病变，总之，情况糟透了。”

“我们要最好的治疗。”七七抢上去说，“最贵的那种。”

医生怀疑地看着这个小姑娘，她已经拿起手机，电话接通的一刹那，她唤了一声麦子，忽然泣不成声。

优诺沉默地搂住她，她仍然哭个不停。

“你们最好安排人守着她。”医生说，“如果有情况，马上按铃通知值班医生。”

我沉默地举了举手。

“你也配！”张沐尔狠狠骂我。

“我们……能进去看看她吗？”怪兽小心地问。

医生点点头。

我终于又看见了图图。

本来我以为，我们这一生，都没有可能再见。

她安静地躺在病床上，躺在洁白的被单里。她整个人看上去非常弱小，非常轻盈，似乎吹一口气就会飘到空中。

她醒着，眼睛黑亮，但是没有看着任何地方，眼神空洞得让人心碎。

“图图。”我用最温柔的声音唤她，“图图。”

她的眼睛眨一眨，似乎认出了我。

“林南一。”她居然奇迹般地开口了，她的声音还是那么美，甚至美得比过去更加澄澈，有种摇撼人心的力量。

“吉他……”她叹息一声，然后又昏迷过去。

所有人离开以后，我在图图的床边支了一张小床。她的情况很不稳定，大多数时间仍在昏迷。偶尔清醒的时候，她也并不说话，甚至不看我，只是盯着很远的地方，发出若有若无的叹息。

她的嘴唇仍然那么丰润，似乎过去所有的亲吻还停留其上。

而我已不能再亲吻她，张沐尔说得对，我不配。

她的昏迷，似乎是一次长时间的睡眠。她睡得惊人的安静，除了在梦里，她会不能控制地呻吟，喊痛。

她会不会梦见我呢？在梦里，我们是不是像从前一样甜蜜？

老天，请你一定让她醒来。她若不醒来，这些揪心的问题将永远不会有答案。

终于，终于有一天，她醒了。

她醒在一个午夜。我听见她一声声叫着：“林南一，林南一……”

“图图！”我欣喜若狂，“你醒了！”

她轻轻点点头，我傻乎乎地笑着说："这不是在做梦？"

她也看着我笑，笑得像月光一样美。我们就这样相对笑着，不知道过了多久，直到她皱起眉头。

"林南一，这里好静。"她轻声说，"你能唱首歌吗？"

"以后唱，"我把她的手拢在我的掌心里，"医生说你得好好休息。"

"有什么关系呢？"她摇头，脸上有费解的神情，"林南一，我真的很想听，我死了就没法再听了。"

"不会不会不会，"我摇头，"图图你不会死。"

她微笑，似乎懒得和我争辩。

"图图，我很想你。"我傻傻地说，"一直很想你。"

"我知道。"她温柔地回答。

"今后，再也不许就这么走掉了，听到了没有？"

她仍是微笑，不点头也不摇头。我忽然不知道该说什么好，只能悲喜交集地看着她，这样甜蜜的夜晚，一秒钟如果能拉长成一万年，该多么好。

"林南一，你是不是不喜欢我去唱歌？"她忽然问。

"没有，"我说，"只要是你做的事，我都喜欢。图图，我从没生过你的气，我只气我自己。"

她点点头，好像很放心的样子。她脸上的微笑越来越恍惚，她就那样微笑着，轻轻抓住我的手。

"林南一，对不起。"她说，"我本来差一点就凑够钱了。"

"什么钱？"

“吉他啊，我一直想给你买一把吉他，世界上最牛的吉他。”她有点喘不过气，“我一直想让你知道，虽然你又傻又倔，脾气还臭，可是在这个世界上，还有一个更大的傻瓜，她那么那么爱你。如果有一天我不在了，当你弹着那把吉他，你还会想起，有个天下第一号大傻瓜那样爱过你，你就会觉得自己特牛……”

“别说了图图！”我的心已经紧紧纠成一团，痛到不能呼吸。

“唱一首吧，林南一。”她叹了口气说，“那天在窗户底下，你唱得真好听。”她说完，竟然开口先唱，我的调子，我的歌词，却打上了图图独一无二的标签：“没有人像我一样，在离你很远的地方，独自渴望，地老天荒……”

我握住她的手，我的眼泪和她的眼泪一起流到我们的手心里，那一刻我很想唱歌，唱我会唱的所有歌给我最爱的女孩听，可是我的喉咙再也发不出声音，大团的悲伤累积着，我已经失去我自己。

“林南一，你以后一定要好好地去爱她……”她微笑着说，“七七很好。”

“别瞎说，”我打断她，“图图，不会有别人，从开始到结束都只有你。”

她轻轻叹息一声，唇角有一丝挣扎的笑。

“傻瓜林南一，”她的声音轻得像呼吸，“会有别人，一定要有别人，可是，你知道吗？”

“没有人会像我一样爱你。”

这是她最后的一句话。

然后，她沉默了很长很长的时间，我知道，她是睡着了。我用颤抖的手抓起她的手，她很平静，她只是睡着了。

我并不知道自己何时开始发狂。

“医生！医生！”我大叫，同时伸手疯狂地一次又一次按铃。我似乎听见铃声穿过走廊，直抵黑夜里最黑最深的角落。我把自己的头一次一次用力撞向墙壁，这是个梦，这是个噩梦，你必须醒来，醒来！林南　！

我任由自己这样疯狂地胡闹，心底却悲哀地知道，一切都是徒劳。

图图已经走了，这一次，她不会再回来。

我终于永远地失去了她。

直到七七冲进来，她从我的背后一把抱住了我，尖声喊着：“不许这样，林南一你不许这样，我不许你这样！”

我转身抱住她，在一个孩子的怀里号啕大哭。

这是我一生中最放肆最绝望的一次哭泣，我发誓，也是最后一次。以后的我，将不允许这样的事发生，我会将每一份爱都牢牢地抱在怀里，不让它丢失一点一滴。

我会小心呵护它，直至生命的最后一刻。

秋天到了，暴暴蓝的新书发布会如期举行。

据说这是图书界的一次创新，一首真正的主题歌，一支专门的乐队，我抱着我的吉他，和我的“十二夜”一起完成了一次有纪念意义的演出。

我们的衣服上，都画着图图的头像，那是七七专门为我们做的演出服。

图图不在了，我们的主唱换成了优诺。

暴暴蓝染了金色的头发，穿短短的外套，被书迷围着签名。

七七走到我的身后，对我说：“你准备好了吗？”

我转身对她微笑。

她也笑：“林南一，你笑起来比哭还难看。”

我迅速做出一个哭的表情回应她。

“我很想他。”她忽然没头没脑地说，“你也很想她，对不对？”

我知道她说的一个是他，一个是她。

“你都记起来了吗？”我问她。

“也许吧。”七七说，“不过我觉得这个并不重要。”

“那你说说看，什么重要？”

七七竖起一根手指，放在唇边，调皮地对我说：“你猜！”

我伸出手，怜爱地摸了摸她的头发。同时，我的眼光扫过去，看到麦子、Sam，还有很多很多陌生人。他们都面带微笑，一切安好。

我想我知道七七说的“重要”的东西是什么，我将怀揣着它，藏好伤痛和遗憾，在漫长的人生路上，开始一段新的旅程。

我亲爱的图图，你会祝福我，对吗?

（全文完）

饶雪漫

作家、编剧

十四岁开始写作，著有六十余部作品，有“文字女巫”之称，是当之无愧的青春文学领军人物，作品多次登上全国畅销书榜。

文学作品代表作：

《左耳》《沙漏》《离歌》《雀斑》《那些女生该懂的事》等

扫一扫，

分享你的读书心得，看看同爱这本书的人都在聊什么。

关注“果麦麦的好书博物馆”，每天推荐一本好书，

90 秒体验阅读快感，看编辑人人各显神通，

为你定制专属书单。

没有人像我一样

产品经理 | 朱　琳　　技术编辑 | 白咏明

书籍设计 | 王　雪　　责任印制 | 刘　淼

监　　制 | 袁舒舒　　策 划 人 | 吴　畏

图书在版编目（CIP）数据

没有人像我一样 / 饶雪漫著. -- 济南 : 山东文艺出版社，2019.8

ISBN 978-7-5329-5877-1

Ⅰ. ①没… Ⅱ. ①饶… Ⅲ. ①长篇小说－中国－当代 Ⅳ. ①I247.5

中国版本图书馆 CIP 数据核字（2019）第 129751 号

没有人像我一样

饶雪漫 作品

主管单位 山东出版传媒股份有限公司
出版发行 山东文艺出版社
社　　址 山东省济南市英雄山路 189 号
邮　　编 250002
网　　址 www.sdwypress.com

读者服务 0531-82098776（总编室）
0531-82098775（市场营销部）
电子邮箱 sdwy@sdpress.com.cn

印　　刷 天津丰富彩艺印刷有限公司
开　　本 880mm×1230mm　1/32
印　　张 7.25
印　　数 1～9,000
字　　数 151 千
版　　次 2019 年 8 月第 1 版
印　　次 2019 年 8 月第 1 次印刷
书　　号 ISBN 978-7-5329-5877-1
定　　价 39.80 元